U0840357

著作权合同登记号　图字 01-2020-2511

图书在版编目(CIP)数据

当鸟儿带来太阳/(加)阿利斯泰尔·麦克劳德著;
张陟译. —北京:人民文学出版社,2020
(阿利斯泰尔·麦克劳德作品集)
ISBN 978-7-02-015780-8

Ⅰ. ①当…　Ⅱ. ①阿…　②张…　Ⅲ. ①短篇小说-小说集-加拿大-现代　Ⅳ. ①I711.45

中国版本图书馆 CIP 数据核字(2019)第 221063 号

责任编辑　**朱卫净　潘爱娟**
装帧设计　**高　熹**

出版发行　**人民文学出版社**
社　　址　**北京市朝内大街 166 号**
邮政编码　**100705**
网　　址　**http://www.rw-cn.com**

印　　制　**上海盛通时代印刷有限公司**
经　　销　**全国新华书店等**

字　　数　**100 千字**
开　　本　**787 毫米×1092 毫米　1/32**
印　　张　**7**
版　　次　**2020 年 10 月北京第 1 版**
印　　次　**2020 年 10 月第 1 次印刷**

书　　号　**978-7-02-015780-8**
定　　价　**59.00 元**

如有印装质量问题,请与本社图书销售中心调换。电话:010-65233595

目 录

万物皆有定时

（1977 年）

这里说的事，发生在我十一岁那年。当时，我和家人住在布雷顿海角西岸一所小小的农庄里，我家在那儿生活了很久很久，我也像是在那儿生活了很久一样。那段时间中的大多数日子，只是人们常说的平淡无奇的过去而已。圣诞节再次来临的时刻，回忆十一岁的往事，我并不清楚自己到底是在用当时的声音讲述，还是在以现在的口吻回忆。我不知道自己还是不是当年的那个小男孩，也不知道自己有多少自由发挥的空间。好在圣诞节既属于过去，又属于现在，过去与现在又常常交织混杂在一起。在步入当下的一刻，我们是应该回望一下过去的。

我们像是一直在等待。自万圣节下了第一场雪，等待的心情便更加焦急。万圣节的夜晚，我们裹得严严实实，像哑剧演员一般走在漆黑的乡间小道上。初次到来的白色雪花无处不在，温柔地落在尚未冻结的大地上。雪花静静飘落在水塘里，飘落在大海中，飘落在我们热得发红的脖子和手背上，飘落在孩子们没有戴口罩的脸上，一下子便失去了踪影。我们抱着白色枕套，挨家挨户地敲门，从厨房透出的灯光，将我们的身影染成白色，将我们的影子投到地面上。雪花飘落在我们与房门之间，又被投射出的光束染成金色。大雪落进我们留下的脚印里，随着夜色加深，擦抹掉所有来往的印记。清晨的时候，一切柔和如常，十一月便这样到来了。

我弟弟肯尼思当时只有两岁半，早记不得上一个圣诞是何模样了。但是，万圣节还会或隐或显地占据着他的记忆，比如万圣节的夜晚，是不用像往常一样早早上床睡觉的，比如在神奇的夜晚静静飘落的雪花。“圣诞节你打算扮成谁啊?”“我要扮成一个雪人。”听到肯尼思的自问自答，大家都笑了。我们告诉他，圣诞节不用特别装扮，如果他乖，圣诞老人会找到他的。我们各自忙着派给自己的事情，等待圣诞节的来临。

对于到底有没有圣诞老人，我已经有些动摇了。我想说服自己，圣诞老人是真的。那个年纪的我，其实已经不再真的相信有圣诞老人了，但是，我仍然在努力说服自己，圣诞老人是有可能的，就像在黑暗的海中，一个落水的人冲着路过的船只拼命挥动着胳膊。没有了圣诞老人，就像是没有了路过的船只一样，我们脆弱的生命只会更加绝望。

母亲对我的想法相当宽容，或许是她曾经有过类似的经历。有一次，我听到母亲跟邻居提起了姐姐安妮，母亲说："我看安妮会永远相信下去的，我得跟她说清楚。"不知怎么的，正在无知中寻找庇护与依靠的我，真希望从没有听到过母亲说出这样的话，尽管我也知道，无知是无法给自己带来依靠的。

当然，肯尼思是以孩童的热情笃信着圣诞老人的，同样笃信的还有我的一对双胞胎弟弟，六岁大的布鲁斯和巴里。比我大的，是十三岁的安妮和十五岁的玛丽，她们正飞速地告别童年。母亲跟我们说，她十七岁时已经结婚了，那时的她比现在的玛丽不过大两岁，这一点，想起来也奇怪，童年对有些人来说真是短暂。晚上，做完家务，收好餐具，我们开始做作业，我会时不时地想想这些事。我看看母亲，她总是在缝缝补补，看看父亲，他会坐在火炉边，手帕按在嘴上，压低了声音咳嗽。父亲的身体不怎么好，已经两年多了，即便最缓慢地移动，也会让他喘不上气来。父亲最同情我心中持续的希望。父亲说过，我们应该尽力延续生命中的美好。我从眼角望去，生命中的美好在父亲身上已经所剩无多了。父亲只有四十二岁，但在我们眼中，他已经老了。

无论我们的年龄会带来怎样的困惑，圣诞节却是一段绚丽多彩的时光。时间到了十二月中旬，天气愈发寒冷，期待也愈发急切了。海面舒缓下来，沿着海岸看去，凹陷的海湾里，海水变成了冰冷的泥水。我们家旁的小溪，几乎完全冻结了，只在中间留下一条细细的水道，令水流激荡而过。牵牛到河边去饮水，要用斧子在小溪边劈开洞，避免让牛冒险走到冰面上去。

羊只在斜搭的棚子里进进出出，不停地跺脚，你推我搡，挤成一团，依靠羊毛的温度抵御寒冷。蹲坐在架子上的母鸡，缩进蓬松的羽毛中，不愿下地去啄食所剩无几的谷粒。家里的猪虽然距离被宰的时日无多，却还要一边愤愤不平地哼哼，一边在冰凉的空气里用鼻子把木头食槽拱得高高跷起来。家里精壮的小马，会用前蹄扒上马厩围栏，用力啃起马槽四周的木头边框。

我们用云杉树枝把厨房门外围了一圈，还用多余的树枝和鳗草把屋子周边扎了起来。即便这样，留在门廊边的水也会冻成冰，要用榔头才能敲开。母亲晾在绳子上的衣服会立刻冻硬，悬在衣架上，左右摇晃，嘎吱作响，裤腿硬邦邦的，衬衣、套衫的胳膊伸得笔直，像是被拆解的机器人。早上的时候，我们要从寒冷的楼上卧室冲下来，围着厨房火炉竞赛一般地迅速穿上衣服。

我们想让自己遭受的寒冷多走半个大陆，到达安大略的大湖区，好让大哥尼尔在圣诞节前早点回来。尼尔十九岁，在湖船上打工，湖船是长长的平板船，专门运送谷物和铁矿石。十二月十日以后，随着天气变冷，湖船随时会收工。我们希望天气变冷，尤其是安大略的大湖区变冷，这样哥哥就能尽早回来和我们团聚了。哥哥已经从科堡、多伦多、圣凯瑟琳斯、韦兰、温莎、萨尼亚、苏圣玛丽等地寄回来了一些纸箱，这些地方，除了父亲，我们谁也没去过。我们在地图上查找这些地名，急切地追寻它们的轮廓。纸箱上盖有加拿大航运公司的印章，打着复杂的水手结。母亲说箱子里装的是哥哥的“衣服”，不许我们打开箱子。

我们不知道哥哥什么时候回来，怎样回来。如果湖面冰冻得早，哥哥或许会坐火车回来，火车也便宜。如果湖面直到十二月二十日还没有冻结，哥哥就要坐飞机回来了，因为他的时间要比钱更宝贵。哥哥会先到火车站或是机场，然后搭便车走完最后的六十或一百英里路。我们只能伸长耳朵，听收音机里播报结冰的信息。哥哥能不能回来，要看许多因素，都是我们无法控制的。

日子在我们焦急的等待中缓慢行进。十二月二十三日一早，一辆陌生的汽车开进了我们家的院子，母亲的手轻轻碰了下嘴唇，低声说了句“感谢上帝”。父亲从椅子里颤巍巍地站起身，望向窗外。父母一直期盼的长子、我们最可贵的兄长终于出现了。哥哥站在那里，头发和胡子都是红色的，我们听到了他爽朗的笑声。哥哥会给我们带来幸福、力量和信心。

有三个青年男子跟哥哥一起回来，他们的年纪看起来差不多大，也都是在船上打工的，要回纽芬兰的家里，他们还要再开车走一百英里，赶到北悉尼去坐渡轮。他们开着一辆很旧的车，是在索罗尔德花了二百块买的，因为时间太晚，没法订票，他们只得一路开车回来。旧车开到新布伦斯威克的北边时，雨刮器坏了，他们没有停下来，而是找了一根电线把雨刮器绑紧，从侧前窗伸了出去，无论刮风下雪，他们都会前前后后地拉动电线，让雨刮器动起来。他们疲惫而兴奋的嘴里说出来的那些事，都被我们贪婪地收集着，一字不落地听进去。父亲给年轻人倒上朗姆酒，母亲端出她小心保管的馅饼和水果点心。孩子们有的靠在家具上，有的从过道处远远地看着他们。我们想去拥抱哥哥，但因为有陌生人在，都不好意思去。温暖的厨房让三个年轻人打起了瞌睡，他们的头会猛地向下碰到胸膛，他们彼此用脚轻轻碰触，想要保持清醒。他们不能待得太久，还要赶一段长路，明天就是圣诞前夕，他们与自己所爱的人之间依然有山水相隔。三个年轻人走后，我们就跳到哥哥身上，七嘴八舌地问个不停。哥哥大声说笑着，把我们举过他的头顶，用强壮的臂膀转着我们。尽管哥哥很开心，但当他看到父亲的样子时，也有点吃惊。自从三月起，他就没有看到过父亲。父亲只是对哥哥笑了笑，母亲咬紧了嘴唇。

哥哥一回家，我们就忙乱起来，所有重要的事情都是要等哥哥回来一起做的。我焦急地指给哥哥看山上的一棵冷杉，我已经关注它好几个月了，哥哥轻松地砍倒了树，把树扛下了山坡。我们兴奋地挤成一团，装饰起来。

哥哥说，圣诞前夕他会套起精壮的小马，驾上雪橇，带我们去教堂。哥哥没回来之前，我们都不敢这么做。平安夜的下午，哥哥要给小马钉掌。哥哥抬起每一只马蹄，用锉刀锉锉，又用榔头在铁砧上捶打樱桃红色的马蹄铁。

烧红的马蹄铁浸入水中，嘶嘶作响。父亲坐在一只倒扣的桶上，告诉哥哥该怎么弄。我们时而会和父亲争执，但哥哥都是按照父亲说的去做。

那天晚上，我们将雪橇垫上扎起来的干草，裹上厚厚的外套，脚下踩着热石头，驾着雪橇上了路。父母和肯尼思留在家里，其他人都去了。出发之前，我们喂饱了牛和羊，把猪也喂了，让它们也能享受一个惬意的圣诞前夜。父母站在门口的小径上与我们挥手告别。我们穿过四英里的山路，这里原本就是伐木人的小径，不会有汽车或其他什么车辆经过。开始的时候，哥哥需要站在雪橇前，使劲拽着缰绳，拉着没经过训练的小马，后来，哥哥小跑起来，再后来，哥哥走起来，因为雪橇要上山了。我们唱了自己知道的所有圣诞歌曲，看见了偶尔穿过雪地的野兔和狐狸，听见了松鸡扑打翅膀的声音，竟丝毫不觉得寒冷。

下了山，我们到了村里的教堂。我们在树丛后拴好小马，以免来往的汽车吓到它，又给小马披上一条毯子，放了一些燕麦。在教堂门口，邻居们跟哥哥握手："你好，尼尔，你父亲怎么样了？"

"哦"，哥哥只是说"哦"。

夜晚的教堂美极了，彩带低垂，烛光闪烁，唱诗班的歌声欢快嘹亮。圣诞夜的弥撒仪式中，我们像是被催眠了一样。

回家路上，暖脚石凉了，我们依然觉得温暖快乐。我们听着皮制马具的嘎吱声和雪橇滑过雪地的嘶嘶声，猜测能得到什么样的礼物。离家还有一英里时，小马意识到终点就在前方，先是小步慢跑起来，接着便神气地迈开步伐。哥哥放开手，让小马奔跑。我们驾着雪橇在冬天的林间穿行，就像圣诞卡片上的人物活了起来一样。翻飞的马蹄带起的雪片，落在我们头顶，犹如繁星一般洁白。

把小马安顿好后，我们跟父母交谈起来，也吃了母亲准备的饭菜。那时，我已经困了，小点儿的孩子也该上床了。但是，父亲对我说："我们想让你多跟我们待一会儿。"于是，我就静静地和年长的家人们坐在了一起。

楼上安静下来，哥哥拿出装"衣服"的纸箱，逐一打开。哥哥敏捷地解开复杂的绳结，一圈圈的绳子在他灵巧的手指下散开，掉落在地上。纸箱里是各种礼物，包裹得整整齐齐，带着标签。给我弟弟们的礼物，上面写的是"圣诞老人寄"，但给我的礼物，已然不在其中了，我也知道，其实永远也不会在其中了。突然，我感到一阵失落的心痛，我已经站到了成年人的行列中，虽然并不惊讶，依然有一种失落后的心痛，仿佛步入了另一间屋子，门在身后“咔嗒”一声关上了。我的心上有了个小小的伤口。

我看着眼前的人，看看站在圣诞树下的父母，母亲的手放在父亲肩上，父亲的手里永远都拿着一块手帕。我看看我的姐妹，她们已经先于我迈过了眼前的这道门槛，每过一天，就与熟悉的孩童生活远离一点。我看看我神奇的哥哥，他跨越半个大陆赶回家，带回来自己和所有的一切，与我们共度圣诞节。所有的家人，犹如舞台造型一般，静止在彼此的关爱中。

“人总要往前走，不必难过，他会把好东西留在身后的。”父亲静静地说了一句，我想他指的是圣诞老人。

夏日将尽

（1976 年）

时间到了八月末，天气变化无常。整个夏天非常炎热，花园里的植物枯死，牧草无法长成，地表油井干涸成了泥潭，流入大海的河流变成涓涓小溪，河里和内陆湖中的鲑鱼身体绵软，无精打采，苟延残喘。有时，死鱼漂在过于温暖的水中，尸体上爬满又肥又白的蛆。夏天的鱼一点儿不像春天的鱼。春天的鱼生机勃勃，欢腾跳跃，在清凉凛冽的激流中你推我搡，一刻不停地动着，很难想象会有寄生虫钻进它们体内。

酷热的天气对鱼、地表油井和绿色植物的生长不利，但对沙滩上享受阳光的人来说，却是再理想不过了。新闻里不断提到，新斯科舍省今年的游客人数创了纪录。许多人驾车从阿默斯特的边界来，人数比以往多得多。更多的车停在雅茅斯的游艇码头上。汽车旅馆和野营地的接待能力到了极限。高速公路上满是旅行大巴、野营者的拖车和顶上载着龙虾网箱的小汽车。旅游业从没有如此蓬勃发达过。

布雷顿海角西边海岸的这片沙滩上没有游客，只有我们自己。整个夏天，我们都待在这里。持续的酷热令我们感到意外，真希望能早点结束。七月底，我们曾相互安慰，“八月阵风一到，暑热便会过去”。阵风是八月的传统，每年八月都有，往往是八月初开始，狂风呼啸，掀起浑浊的海水，宣告夏天告一段落。紧跟其后的是飓风天。飓风从加勒比横扫过来，直达这片海岸，持续一整个秋天。今年八月已经没几天了，阵风却还没有来。但我们知道，酷暑延续不了几天了，不到一个星期，游客就会离开，学校会重新开学，生活的节奏会改变，我们也该振作起来，把久拖未决的事做个了结。我们或许是世界上最好的煤矿工人，早在七月七日，我们就该抵达南非。

可是直到现在我们还没去。兰科矿业公司从多伦多发来的电报，我们没有回应，也没有回复打来的电话。我们等着天气变化，天气一变，便不能再躺在海滩上了。我们将起身，最后一次踏过卡梅伦海角悬崖边上的崎岖小路。我们会上气不接下气地攀爬到悬崖顶上，沿着小路一路蜿蜒向北，到达一小块停车的空地上。我们的汽车朝向大海，停在那里，前轮紧贴在悬崖边上。爬上悬崖需要二十分钟，清闲了一个夏天之后，我们的体型保持得还不错。

我们躺着的这片金色沙滩，夹在南北两座山崖之间，呈弯月形，差不多四分之三英里长。北边山崖叫卡梅伦海角，名字源自最早拥有这里土地的一户人家，南边山崖没有名字。两座山崖能减低两侧风速，守护海滩的宁静。

南边山崖上一道瀑布孤悬，五十多英尺高，直冲入海。有时候，游泳时间长了，或是沙滩上躺久了，我们便站到瀑布下，任凭清凉的淡水冲到头颈与肩膀上，双脚立在海水中。

有多少次赤身裸体地站在煤矿淋浴喷头下，早已算不过来了。一旦没了污泥和煤尘，没了炸药附在头发上的焦味，我们的身体便白得如同牛奶与象牙一般，或许也像麻风病人。我们常常需要在竖井或平巷中待上十二个小时，根本晒不着太阳。整个夏天，我们能看到身体的改变，头发变白了，甚至变亮了，但身上的疤痕对太阳疗愈的热量却没有反应。不过，在阳光映衬下，无论是手臂内侧长长的粉红色伤疤，还是腿肚上锯齿状凸起的疤痕，看起来都更生动了。

或是被落石砸伤，或是在狭窄的巷道中被挖土机的挖斗撞伤，会造成我们中的很多人两肩高低不一。我们双臂常常举不过头顶，肩膀与后背常有关节炎，干活时滴在身上的冰水更是雪上加霜。巷道里常有落下的工具，崩裂的岩石，劈飞的木头，炸药爆炸后飞溅四处的螺钉，我们没有几个人手指头是全的，有人少一只眼睛，有人少一个耳朵。最让人担心的是脚伤。如果脚趾掉了，或是脚跟与脚踝处的骨头受伤，你就没法站上十二个小时，没法干完一班的活计了。伤了一只脚，另一只脚承受的重量要加倍，影响血液循环，麻木的腿撑不了多久，人会没法动弹。我们这些人都有六英尺多高，两百多磅重，双脚要承受的压力可想而知。

对身体和身上的疼痛，我们总是很紧张。有时在深夜，伤痛会突发，人会像触电一样，疼得眼里满是泪水，指关节会因为双拳紧握而变白，指甲会紧紧扣进掌心。这时候，能做的只是换个姿势躺着，或用身旁的酒精来麻醉自己。

现在躺在沙滩上，看到伤疤能想起受伤的缘由，等穿上衣服，为伤痛付出的代价便不再如此一目了然了。

海滩上散落着几只白色的漂白剂罐子，里面装了酒，是山里亲戚自己酿的，醇香浓郁，外面根本买不到。酒或是礼物，或是给人帮忙后换来的，比如替人把尸体运回了家；借出去的小钱后来不要了；替人照顾过现已离世的老祖母等等。酒像水一般清澈，舀上一勺，火柴一点，便燃起蓝色的火焰，一勺酒能完全烧干，只剩下滚烫的勺子。我们离开时，会把剩酒倒进四十盎司的伏特加瓶子，一路开车到多伦多，车开得又快又远。车都是大车，凯迪拉克、林肯和奥兹莫比尔什么的，挡泥板常常都凹了进去。我们常常会因超速被警察拦下，有时是在托姆山的山外，有时是车过文特沃思山谷的时候，有时是在通往弗雷德里克顿的狭窄山路上，有时是在从里维耶尔－迪卢到莱维的平直道路上，有时甚至是在 401 高速公路上。如果对警察说我们是要赶飞机去非洲，基本上不会受罚，但偶尔也会当场交一下罚款。我们不想因为被控跨省携带私酒，至于说携带开了瓶的合法酒精，大多数地方是以罚款十五加元了事。用透明的伏特加酒瓶装的私酒，既暴露又保守了自身的小秘密。

我们还没有准备动身。阳光下，我们把清澈透明的液体倒进塑料杯，慢慢品味，时而再配几口七喜或雪碧。此处位置僻静，没人会来打扰。如果有外人靠近，一英里外便能看到来者的身影。只有一条难以辨认的石头小路，越过孤独的悬崖，通到这里。管理这里的加拿大皇家骑警不是当地人，不知道有这片海滩。从法律上说，没有一条公共道路是通向我们停车的悬崖的，只有难以辨识的小路和放羊人踩出的野路，蜿蜒逶迤，绕过焦黄的野草、桤木与蓝莓的树丛、凹凸不平的岩石与腐烂的树桩。我们的车旁，常有韧性十足的小云杉紧贴着车的消音器和油箱，有时还会划伤车门。开上千百英里，当我们在魁北克或安大略的路旁停下车时，也能看到同样品种的云杉树苗，有时会楔进汽车的前格栅，有时会顶进前大灯下面。我们把树苗拔出来，像带着纪念品和吉祥物一般，带到非洲，就像我们苏格兰高地上的祖先，几个世纪以来，他们身携粗糙的皮质徽章与欧洲越橘，走向全世界的战场。有了这些陪伴身旁，也许是为了在与死亡无限接近的那一刻，可以感到家乡近在咫尺，便能深切地体会到自己到底是谁。此时此刻，我们依然身处酷暑的余威下，身处停滞的时间里。

海面风平浪静，有渔民还在作业，渔民赚钱没有以往多了，但他们也不太在意。有人说这里的渔场被来自俄罗斯、西班牙和葡萄牙的大型渔船过度捕捞了。的确如此。夜晚的海面上，常能看到工厂一样的渔船，体形巨大，样子怪异，像是移动的堡垒，在离岸边不远的地方闪着光，一旦远离岸边，船上的灯光便与星光混在一起。渔民常常是老人和孩子，爷孙一起，重复着古老的仪式。中午到午后一两点之间，渔民返航之前，常把小船驶到我们这里，船头几乎搁浅。渔民扔来几条蓝黑色的鲭鱼、银色的鲱鱼或棕白色条纹相间的鳕鱼，跟我们聊一会儿，说说我们该知道的事。我们把白色的塑料瓶扔过去，请他们品尝一下香醇的液体。有时候，年老的渔民会失手，白色的塑料瓶落入海中，一沉一浮，像白色的浮标，也像浴缸里的小鸭子。塑料瓶或被渔船上的人捞起，或被海水冲回岸边。天晚了，我们架起篝火，翻烤渔民送来的鱼。我们知道，这样的日子不会长久了。

墓园在内陆，白色小教堂的后院，逝去的人躺在光滑的黑色大理石碑下，寂寞无声。每次出发前，我们会去看他们，为他们祈祷，做最后的道别。看到叔伯兄弟的生卒年月，追忆他们的音容笑貌，回想他们死时的情景，那一刻，我们会害怕。

无论是死在巷道中，还是竖井下，死亡总是突然到来，身体经常支离破碎，甚至无法拼凑完整，让人无法瞻仰遗容。我们都有伴随尸体的经验。我们乘坐火车、飞机或汽车，身旁是捆扎于塑料袋中的尸体。我们把尸体送往当地的殡仪馆，接着是两三天的守灵，或在起居室，或在老旧的客厅，整晚值守，人们只有靠记忆和死者年轻时的照片才能回想起死者原本的样貌。死者最好看的照片摆在棺盖上，以提醒悼念的人们，铅封的棺材下躺着的到底是谁。我忆起这些往事，忆起经历过的许多年轻人的葬礼，还有许多年里、许多季节中的返乡之路。想起在一月的严寒中挖掘坟墓，从荒凉的土地上铲起锹锹白雪，锄头掘进冻结的大地，钢铁碰到岩石会溅出颗颗火星。

大约二十年前，我第一次去安大略省埃利奥特湖畔的铀矿，还有不久就关闭了的班克罗夫特铀矿。那时候，很难把死人运到地面的白房子，最后几英里尤其难行。冬天里，用马拉雪橇，翻过最后的小山，站在齐胸的雪里，卸下窗框，把棺材送进屋里，然后再接出来。早春时，则用马车。冬季融化的雪让小溪变成红色，溪水翻腾跳跃。通向山间的小道泥泞不堪，难以落脚。路面下的泉水常常冒出，时断时续地向地面喷射，路基被水泡成了泥沼，半个车轮都会陷下去。

在十一月，我们站在坟墓边上，任凭冰凉的雨水落在脖颈间，红色的泥土溅到闪亮的鞋子上、沾到昂贵西服的裤腿上。提琴手先在高处唱台演奏悲伤的乐曲，之后，风笛手奏起《森林中的花朵》，致哀亡灵。音乐让人后脖颈上的毛发直立，却也能帮助人检视内心深处的悲伤，表达难以言表的痛楚。在墓园中，人们用盖尔语哭喊，扑倒在泥土中，扑到即将下到墓穴的棺材上。绳索缓缓将棺木放入墓穴，生者与死者从此永诀。

十五年前，我弟弟死在了纽芬兰的斯普林代尔，那是伐木业即将衰落的时刻。他残破的躯体躺在溪流中的一堆石头上。我们没法把他从水底及时捞出来。他的眼睛从头上凸起，体液静静地渗入了闪着光的石头上。我们试着救他，发现根本做不到，即便是在河面上，他也不行了，撑不到救援到来的时候。弟弟曾经紧握的手，在我手中松开，随着空气在他喉咙中咯咯作响，我又要经历曾经无数次经历过的事了。作为他的死亡见证人，我要在他死后继续活下去，要向地方当局、公司、警察局、殡葬业者做汇报或是写声明，要用信号极差的电话打一连串难以启齿的电话，如果电话打不通，还要用更有效但也更缺人情味的黄色电报纸来报丧。随着时间的推移，深夜打来的报丧电话似乎不再令人悲恸，或者，更像是民谣和传说，成了来自遥远过去的回忆。每一次对回忆的讲述，伴随不同的讲述人，内容也有所差异，总是越发的古老、苦涩与平静。十几年前自己怎么打的电话，现在已经想不起来了，只有传达出的死讯，才是无可否认的事实。但是，黄色的电报纸显得更直接，保持噩耗的时间更长久，也很少会被丢弃。黄色的电报纸会被人放在花瓶中，夹在《圣经》里，压在衣柜抽屉中白衬衣的下面，藏进装着婴儿头发的小木盒里，或是塞进婴儿学步鞋的鞋窠。多年之后，再被自己或他人偶然发现，又是一场简单而正式的葬礼。

弟弟于十月二十一日死在斯普林代尔，等把他的尸体运回家，已经是深秋了。硬木林密布的山上满是花楸、山杨和红花槭，在略显衰弱的秋日阳光下如火一般燃烧着。隔几天，会下一场雨，雨中时而夹着雪花，时而夹着小小却坚硬的冰雹。有时候，清晨还是阳光闪耀，下午便是雨雪交加。有时候，云层飘浮在大地上，一下子遮住太阳，于地面投下巨大的阴影，犹如巨鸟飞过头顶。站在被阳光镶嵌了金边的云朵下，感受着时而落下的雨滴，太阳就像是在一英里外一般，温暖得似乎触手可及，感到的却是冰冷的雨水。给弟弟挖墓穴的时候，太阳没了踪影，只有雨一刻不停地落在我们身上。雨水让耙碎的泥土变成了稀泥，就像陶工轮子上的一样，光滑发亮，极难控制。等挖到四英尺多的时候，土墙开始移滑倾坍，在我们四周逐渐倒塌，泥巴落在雨鞋上，紧贴在裤腿上，裤腿早已贴紧在我们青筋毕暴的双腿上。我们挖得越深，雨下得也越大，雨滴从眉毛、鼻子上跌落，顺着后脖颈子，滑到脊背上，流到腿上，灌入吱嘎作响的雨鞋里。等挖到了差不多需要的深度，一面不停剥落的土墙终于坍塌，轰的一声，倒了下来。我们是在家族墓园里挖墓穴，倒下的土墙背后恰是我父亲的墓穴，父亲的棺材冲我们滑了过来。五年前，父亲在柯克兰湖被炸死，埋葬他的时候，棺材已经被封上了。看到父亲的棺材滑过来，我们吓坏了，只能拱起脊背，顶着快要散架的棺材，希望棺材不要倾倒。我们不知道父亲的棺材里会有怎样腐烂的残骸，或许棺材里的筋肉已经腐坏，只剩下腐烂的绿色尸骨，或是纠结在一起的银色头发。

瓢泼的雨中，我们用背顶住父亲的棺材，直到有人取来木料，顶住了新坟的四墙，死者才能安息。那时候，我吓坏了，一面于坍塌的泥墙边上稳住早已离世者的棺木，一面要在同样的滑落与崩塌之中，给新近的死者准备必要的空间。第二天是弟弟的葬礼，雨还是不停地下，墓穴里虽然增添了木架，四周也平整加固了，但也只是暂时措施，难称稳固。弟弟死在类似的崩塌之中，他的墓穴好像只是事故的又一次延伸。

炎热寂静的夏日里，我真心希望，这些关于死亡的想法和场景，都能像被太阳驱走清晨的薄雾一般离我而去，只留下温暖绵密的沙滩就好了。

尽管雨季马上就到，非洲也会很热。非洲草原上的炎热消减之后，四肢健美的奇特动物便开始穿越大地，亘古如此。游牧者跟随咩咩叫的羊群，不断寻求草地与水源，女人用头顶着陶罐或一篮子的衣服，走近发现的水源，把衣服放在石头上，拍打洗涤。

在我自己家的白房子里，有了越来越多让人迷惑的家用电器，需要妻子动手洗涤的东西越来越少了。无论是厨房还是洗衣房，或是整个房间，均闪烁着陶瓷和搪瓷用品的亮色，整齐干净，条理分明，也让我更难以理解。我自已也好，我的工作也好，很少能做到干净整洁，看到从泥土与酷烈之中的产出，竟能变出如此光亮整洁的效果，真让人惊叹。屋子里挂着白色与黄色的窗帘，色彩明亮，微风轻拂之下，沙沙作响。对于我们来说，工作之余的大部分时间，都是在矿井口旁简陋粗糙的工棚中度过的。床铺往往是自己钉的，用的是两英寸乘四英寸的木板，一间工棚有时睡两个人，有时睡四个人。在矿区早期的时候，一间工棚就像羊圈一样，可以睡下二三十个，甚至四十个人。矿工们挤在一间长方形的大屋子里，有点像医院的大病房，没有分隔，也少有隐私。无论白天黑夜，总有各种声音，打呼噜、咳嗽，痰吐到床边的罐子里，睡得不踏实的人会咕噜咕噜、哼唧哼唧，还有人会在半梦半醒之间，抱起枕头发泄欲望。在非洲，我们都光着身子睡在斜挑起来的蚊帐里，听着时而落下的大雨打在铁皮搭建的屋顶上。在育空地区的冬天里，一整天都没有太阳，我们缩在睡袋里，身上压着毯子，身旁是各种取暖器，即便如此，还是会被冻醒，在手电筒的光柱中，看到冰冷的雾气从自己的嘴里呼出。

很难对我妻子解释这些。随着时光流逝，我们之间的距离也越来越遥远，即便偶尔重逢，也像两个害羞的陌生人。跨越大洲的信件上写着可有可无的话，只能借寄回的支票表达曾经的爱。有时候，即使是支票也不是我寄出的。非洲的发展中国家政局常常不稳，寄往北美的钱常常被突如其来和随心所欲地冻结或国有化了，既不能取出，也不能转移。在这样一种不安的环境中，我们这样的煤矿工人常常只能拿到一点钱，有时干脆就拿不到。有时候，只能拿到几张纸，上面写着钱数，钱放在纽约、多伦多或伦敦的银行里，等着按月寄给我们的家人。

我想重建和妻子的关系，无论这种关系是真实的，还是想象的。曾经有过的激情相爱的漫长夜晚，现在看来是如此短暂。我们一共生了七个孩子，每一个孩子的出生我都不在家，只是名义上的父亲。有两个出生不久便夭折了，我不在家。其余五个，在他们取得各种小小成就的时刻，我都不在家，没有与他们分享过。我没有参加过“家长之夜”，没有参加过八年级的毕业典礼，也没有参加过父子冰球队。孩子们破损的自行车轮子、散裂的洋娃娃肢体，都是别人修好的，从来不是我。

现在，我妻子的世界是由鳄梨色的各种家电组成的，家里的用品干净整齐，每天下午则是从不间断的肥皂剧，为她提供了各种替代性的经验。我妻子早已深深地进入了这种生活，就像我进入了井下一样，那里有未知的深度与距离，需要不断开掘，容易迷失方向，既与世界分离，也无法与人交流。但是，我们并不惊讶，也没有彼此指责。我妻子也来自一个矿工家庭，她是靠她常年不在家的父亲寄回的钱长大的。也许我们只是变成了上一辈人的样子。

当然，有时我也能感受到婚姻的热度，甚至有蜜月的感觉，比如妻子哼唱起流行歌曲的那一刻，我会专注地倾听。我曾在铀矿城干过一个冬天，那地方广播信号不好，听不到当时的流行音乐。听到跳舞的人群齐声唱着我走后流行起来的歌曲，我会感到些微的惊惧，就像我曾离开了人世，刚刚从阴间返回一样。

现在，如果对着我耳边哼唱流行歌曲，已经没什么用了。经年累月地听凿岩机击打岩石的噪声，我已经半聋了。妻子和孩子们对我说的话，我很难听得清。对身边的伙伴，我是通过点头、手势，或是读熟悉的嘴唇，去猜他们的意思。我们已经很长时间不听流行音乐了，反而会欣赏年轻时记得的盖尔语歌曲。在炎热的沙滩上，我们哼唱的便是这些年轻时记住的盖尔语歌曲，我们出发的时刻，也会带上这些歌曲一道走。

之所以会重拾盖尔语歌谣，是觉得这些歌曲曲调恒久，少有更改，像老朋友一般熟悉。年轻的时候，我从未想过自己能理解甚至会去说盖尔语。那时，我甚至会对说盖尔语的人颇为不屑。直到矿井下的隔绝生活开始后，我才重拾盖尔语，心里还觉得意外，自己竟然会这么做。其实，就在成长的不经意间，盖尔语已经慢慢渗透进了我的心里，只是当时没有意识到而已。现在，无论是在矿井下，还是在沙滩上，我们总是在讲盖尔语，尽管在家里都不讲了。近几年来，本地有一个政府资助的盖尔语复兴活动。每个月，小孩子都在学校里学一段时间的盖尔语，记住几个盖尔语单词。这种复兴与我们曾经的体验大不相同，与我们也没什么关系。当然，我们也曾在夏日的集会上演唱过盖尔语的歌曲。活泼热情的学校老师，组织成立了“麦金农矿工合唱团”，给我们安排演出机会。即便如此，这样的演唱却让人更加感到孤独，因为演出与我们的生活缺乏关联、缺乏意义，参加这样的演出，更像是对自己的嘲讽。我们会按要求携带矿工装备，也会按要求刮好脸，换上西装，一排排地站在台上。组织者会给我们供应朗姆酒，排队的时候可以喝一点。我们眼前是一排排的录音机，还有并不懂盖尔语的听众。这样唱歌太做作，既不发自内心，也缺乏与观众的交流，不是唱歌应有的样子。

早在祖鲁人的歌曲和舞蹈流行全球之前，我便已经看过与听过了。体形魁梧、魅力非凡的男人站在平整光滑的红色土地上，跳跃、扭动弯曲着身体。我学着他们的样子，听着他们的叫喊声，盯着他们的眼睛，希望能理解他们的艺术，希望能从中寻找到一种只有先人才懂的信息。我觉得能够理解他们快乐、难过与厌恶的种种瞬间，但是，最终，他们的舞蹈好像始终只属于他们自己。他们的舞蹈传达出的语言，其真正的意义，我是难以理解的。我永远无法体会其中的微妙与细致，那种透过微小的头部动作或是肌肉的轻微颤动表达出来的信息。

我怀着微弱的希望，想多了解一些他们表达的东西与我们自己的歌唱，或许有相似之处，他们在舞蹈中传递的信息，我们或许也有。但是，我总也无法深入到他们的经验中去，永远无法猜透他们眼神之后的神秘的个体经验。我有时会想，也许是我想得太多了。我们自己在聚会上歌唱的时候，也常常想超越录音机和那些听不懂歌曲内容的面孔，去把握某种更坚实和持久的东西。可到最后，我们也不过是唱给自己听的。以一种远古的语言唱歌，唱歌的人也变得与世隔离了。我们只能从自己的朋友和亲戚那里得到点头认可，或是欢呼回应，有的时候，回应仅仅来自教会我们唱歌的人那里。我们的歌曲依然是一种地方的、私人的经历，如果翻译成其他语言，其微妙之处便会丧失殆尽。但是，我女儿的大学文学课本之中，写的是“巧妙讲述的私人经验能超越时间与地域限制，成为普遍经验”。这句话我读了好几遍，仔细考虑了它和我之间的关联。

小时候，父亲告诉我，除非花费时间严肃地参与，否则仅仅靠读色情小说、看色情图画，或是听大人谈或真或假的经验，我是不会理解性到底是什么的。这些被写出来画出来或者说出来的经验与图片，只能带你在理解性的漫长旅途中走上一小段路。在早期随意与探索的阅读中，性行为常常被比喻成“像飞翔一般”。对于那个年代极少有飞行经验的少年而言，如此比喻总是令人费解。后来，在去往非洲令人麻木的长途飞行中，我才发现，将性行为比作“飞翔”的说法，根本就不性感。

对于那些被我们留在身后的人，无论是航行还是目的地，都没有什么好说的。我们会寄回明信片，介绍一下远隔重洋的当地的天气，写上几句“这里就跟期待中的一样”“一切均好”。明信片上贴着带着异域风情的邮票，小孩子会争相收集，好给别人展示与炫耀。

我很早就放弃尝试描述性行为了，也不愿看别人的描写，我实在弄不清楚，没人跟我说过，我也不知道该怎么跟别人说起，或许知道性行为与飞翔完全不同就足够了。但是，我倒很愿意谈谈自己的工作性质，很愿意对我爱的人谈一谈我埋在心底的感情，希望他们能听一听。

我想告诉妻子和孩子们，这些年来，面对无从逃避的死亡，我都经历过什么。我想跟他们解释，面对经年累月滴在黑暗岩石上的冰水，一名角斗士是如何战斗的，身陷狭小封闭的空间之内，又是什么感受。我想说一说，当我父亲死在柯克兰湖，以及我弟弟死在斯普林代尔的时候，我心里是什么滋味。我想说一说，有时候我会多么害怕自己的工作，半夜无法入睡，担心日渐衰老的自己，担心不断减少的伙伴。我们心里很清楚，我们这些人都活不了多久了，我们自己的孩子，是不会到井下来接替我们的。像盖尔语一样，我们的工作也是历史的遗留，存活不了多久。

我们的儿子会进大学学习牙医和法律，会在三十岁不到时便生活富裕、大腹便便。这些身高六英尺开外的男人，会把肥硕粗大的手指探进别人嘴里，寻找治疗的可能，会坐在办公桌后，翻弄离婚、盗窃、骚扰与杀人案的卷宗，藉着他人的痛苦、悲哀与失败而发达起来。他们会远离粗野的生活，只在慢跑、高尔夫和手球赛中，才会和客气的同事们体验一下，他们会为了体会出汗的快感，加入昂贵的私人俱乐部。他们不会死在落石之下，不会死在冰冷刺骨的水下，也绝不会死在远离家人千里之外的地方。之所以他们不会，是因为我们阻止过他们，我们鼓励他们去寻找其他的生活，我们希望他们能死得温和一些。正是因为听从我们的建议，他们没有追随我们的生活，我们才会在自己的未来体验到越来越深的愤懑与孤立，体验到至亲之间无法交流的失落，这不是一种讽刺吗？或许，这便是给了子女类似建议、子女又听从了建议的父母一定会遭遇的情形。子女听从了类似建议，人生之路便与老一辈大不相同，他们会去探索另一个遥远未知的世界，一个被他们留在身后的父母永远不可能知晓的世界。或许，探索未知世界的人也会经历同样无法言说的孤独，也许牙医走在治疗椅的旁边，会感到无言的烦恼，也许生活在言语世界里的律师，会发现那些行话与自己的真实想法之间根本没什么关联。也许在他们沉默的心里，也会用别人无法理解的语言唱起沉默的歌谣，如同盖尔语歌曲一般古老而隐秘的歌谣。也许律师与牙医也有自己的非洲之旅，也曾到达过某个距离遥远的黑暗所在，也有与我们相仿的经历。我不确定，我只能模模糊糊地想象。

我一直都希望孩子们能看到我工作的样子，希望他们能和我一起，随着摇摇晃晃的矿车下到矿井底部，沿着崎岖的矿坑走一走，看看矿洞尽头醒目的石墙。孩子们会看到我们的工作表现是多么精彩，会欣赏我们如何专业地钻探、计算角度、衡量炸药。他们会看到，我们能依靠眼睛、耳朵和手分清极为细微的差别，甚至比使用复杂仪器的熟练工程师还要准确。

我会向孩子们展示我们有多么专业。而且，尽管矿井阴冷潮湿、黑暗危险，但我们的工作中依然有某种明白无误的美感。那种美不是存在于水晶中的静止的美，也不是主妇们花许多时间保养打磨的硬木地板透出的美，而是一种侧身在暴力边缘的动作之美。究其本质，这样的美也是稍纵即逝的。如同体形魁梧的职业运动员，需要长期艰苦训练、磨炼身体，需要相互依靠、相互协作，才能在无数个比赛的日日夜夜获得渴望的胜利。我们正和他们一样。但一旦坐在记者面前，面对麦克风，却又常常无话可说，陷入沉默，我们也是。没人会给孩子们看自己接受全国电视采访的样子，我们会无话可说，没什么可吹嘘，陷入沉默。

我总是希望自己不要耽于平庸，要做得更好，我总是希望自己能善用身体的力量，达到更高的目标。也许这就是为什么我只上了一年大学便辍学了。在学校的一年里，我的大部分时间都花在体育训练上了，还花了不少时间翻阅英国文学书籍。我总是无法充分地释放自我，总是觉得受到了约束与局限。寝室太低矮，厕所隔间太狭窄，演讲大厅太闷热，座位之间的走道又太难于进出。我被困在铃声、蜂鸣器声、宵禁规定与论文截止日期之间，却感到这些对我而言毫无意义。我想要爆发，想把自己的力量用在更具挑战性的地方，想要冲破束缚无拘无束。泥泞的足球场上的争夺，封闭的拳击台上的重击，都没法让我满足。我想自己也许是受到了井下工人的吸引。他们在夏天回到这里，开着快车，穿着昂贵的衣服，我自己本来就是矿工家庭的孩子，几代以来，祖辈都曾经在黑暗的地下谋取生活。

我很早便意识到了自己作出的选择中的反讽，这样一个痛恨约束的人，竟然选择了在最局限的空间里工作。当然，我们的工作需要不停地活动，不像困在黑暗囚牢中的孤独囚犯，我们总在不断扩展四周的空间，不断向下、前后移动，有时候，我们也向上移动。我们这些身材魁梧的男人从事的可能是世上最暴力的工作，我们的对手，便是面前的岩石墙壁。地球之下的岩石像在挑战人们，看看人们能否将其移动，发现背后隐藏的财富，我们义无反顾地接受了挑战，以钻机、炸药、力量与智慧来回应。在矿井的阴暗潮湿之中，我们全力摧毁岩壁，摧毁一切阻碍。先将自我囚禁，再品尝突破的喜悦与快乐。我们希望有所突破，但我们也深知，我们永远不可能完全自由。

用钻头和铁锤抵达世界上的资源，只要成功，我们便会离开，去下一个地点，给更为稳定的社区腾出空间，让别人来扩展和进一步探索，让别人修建整齐排列的公司住房，布好污水管线、消防龙头，建造起充满希望的学校，组织起运动员联盟与少年商会。我们走遍世界，释放出埋藏的资源，几乎没有受到动荡政局与不确定因素的影响，也几乎没有受到阴谋、政变与谋杀的影响。一九六〇年我们在海地工作，当时正是杜瓦利埃当权；阿连德上台之前，我们在智利；刚果与扎伊尔合并之前，我们在刚果。游客绝没有到过的玻利维亚、危地马拉、墨西哥和牙买加的一些地方，我们都曾在那儿工作过。全世界都觊觎那些被埋在石头下的财富，不管是真实的还是臆想的，只要你能找得到，就能进得去，就能得到丰厚的报偿，而雇用你的人，或许是独裁者，或许是新生的民主政体，或许是渴望扩张和财富的资本家。位于海湾街的兰科矿业公司会容忍我们、等候我们，让我们在沙滩上享受夏日阳光，忍受我们毫不理会他们的迫切与焦急，忍受我们在多伦多街头喝得烂醉，为我们支付保释金，帮助我们提前偿还个人贷款，在我们开始工作之后付给我们成千上万的钞票。他们之所以能这样，是希望他们能赚到数百万元的回报，是因为多年的合作之后，他们知道下到我们身上的本钱是一定能赚回来的。

在加拿大，还有其他两支矿工队伍跟我们一样强，或许比我们还厉害。他们在鲁安－诺兰达。我们的队伍叫麦金农，他们的叫拉弗朗尼亚和皮卡尔，我们曾与他们并肩工作，一争高下，与他们在马拉蒂克和特米斯卡明的酒馆里大声争执，也曾救过彼此的性命。他们受限于自己的语言，不会受雇于兰科矿业，他们不会讲英语，也从不会走出魁北克，不走出安大略的北部与东北部。曾经还有一支队伍叫奥利瑞尔，是纽芬兰的爱尔兰人队伍。他们在印度遭遇了矿难，伤亡严重，剩下的人与其他亲戚一道，去了纽约的钢结构建筑工地。有时候，我们会在布鲁克林的酒吧里看到他们，有时候，也会在去北悉尼的渡轮码头上看到他们等着渡河去巴克斯港。听他们说，在钢结构建筑工地上干活，工资不错，但也是拿命在拼。还好从摇摇晃晃的摩天大楼顶上跌落的机会并不多，一个人最多只能轮到一次。干矿工的时候，他们担心会被从上面掉落的重物砸中，现在却要担心自己不要变成从天而降的重物。他们不干矿工这一行，我们的同伴又减少了，我们知道，他们个个是好手，我们也知道，他们死在印度的那些伙伴，尸体是如何被放进铅封的容器中从印度运回来，又是如何被埋葬在外港旁的墓地中、夏日摇曳盛开的鲜花之下。

我不断告诫自己，不要总去想死亡与损失。想要活下去，人就得异常仔细，在地下深处用工具劳作，需要能控制住思绪。我要小心，既不能马虎粗心，也不能自怨自艾，不然要付出沉重的代价。

现在，海面上起了波涛，西南风把微浪吹大，海浪顶着白色的泡沫，一波波地拍打着沙滩，海水呈现出单调抑郁的灰色，不再清澈湛蓝。无论是眼前，还是目力所及的远处，曾经平静的海面上，已经很少看到小船了。太阳已不像早先那样猛烈，天空中已经聚积了云层。夜晚来临，风吹起海砂，扬到我们脸上，打在我们身上，感觉像被千百根细针扎到一样。我们退缩了，摇摇晃晃地穿上衬衣，把自己保护起来。我们站起身来，不停地跺脚、咳嗽、吐口水，如同动物般紧张地等候暴风雨的来临。在海滩上，我们用脚趾画出千奇百怪的形状。我们彼此相望，抬起的双眉如同伫立的问号，这是我们一直以来等待的时刻吗？这是结尾，还是开端？

我能感到同伴投过来的目光，他们在等我，等我解释这些迹象。我犹豫片刻，目光扫过海滩，望向拍打着沙滩的海水，我点了点头。伙伴们不约而同地叹了口气，但与其说是我听到了声音，不如说是感受到了犹如从遥远的林间传来的风声。伙伴们行动起来，抖落身上的沙子，收拾衣服，折叠打包各种物品。伙伴们果断而迅速地告别了夏天，正如夏天果断而迅速地与我们告别一样。麦金农的矿工收拾齐备，整装待发了。我们要离开曾经阳光灿烂的夏日沙滩，或许有的人以后再也看不到这一切了。会有几位伙伴，不会活着从非洲回来。

我们迈开步伐，沿着沙滩走到卡梅伦角北边的悬崖处，顺着陡峭蜿蜒的山间小路，爬上悬崖。走到一半，我停下脚步，看看身后排成一列的伙伴们，我们是另一种类型的登山者，没有用绳索相互绑缚的登山者。伙伴们也停下脚步，回头望向刚刚撤离的海岸与沙滩。浪头更大了，更有力地拍打着沙滩，也更深入地冲向海岸。海浪冲刷掉了沙滩上我们留下的身体痕迹，刚刚留下的足迹，也被海浪一抹而光了。没有迹象说明我们曾经来过，仿佛我们从未在此躺过，从未在此走过，也从未思考过一样。我们身后没有留下艺术和痕迹。大海把其沙制的写字板清扫得一干二净。

开始下雨了，雨并不大，时断时续，犹犹豫豫，仿佛干热许久的天气已经忘了该如何下雨，现在又要痛苦地重新学习了。

我们走到悬崖高处，沿着小路走到汽车前。车身上满是灰尘，暴晒之下，车也热得烫手。我们靠在机舱盖上，把雨刮器从挡风玻璃上拿起，长时间没有使用，再加上酷热，雨刮器上的橡胶条快融化了，拿起来时，细碎的橡胶粒会粘在挡风玻璃上。雨刮器上的橡胶条要换了。

一滴滴的雨水落在挡风玻璃上，落在机舱盖上，落在车顶上，落在后备厢上。雨滴变成汩汩水流，沿着层层尘土流下去，跌落在炎热而期待的土地上。

现在是两天之后了。雨一直在下，在雨中，我们做好离别的准备，完成告别的仪式。我们去了银行，查看了保险单的有效日期。我们收拾好工作服，在万里之外穿上它们，会让我们的身形显得比现在更高大。我们像是古希腊的演员，也像是远古的乳齿象，要么会被人替代，要么会自行灭绝。

我们脱帽站立在坟墓前，跪在黑色花岗岩墓碑前的泥泞中。我们静静地、小心翼翼三三两两地造访白色的小教堂，我们也许再也看不到教堂了。随着年龄增长，我们变得相信宗教，如同迷信一般地相信宗教。我们带着家传的磨损的念珠、褪色的护身符和祖先的徽章，把小巧的手链戴在粗大的手腕上，把精致的项链套在疤痕凸起的脖颈上，全然不顾其中显现的讽刺。这些举动，更多地会出现在孩子身上，更像是对过去生活的向往，不是对宗教应有的“理性”态度。

我们跟孩子们说了再见，也和妻子说了再见。我亲吻了她们，看着她们的眼睛，我的眼里和心里满是泪水，我为自己该说而没说的话哭泣，为自己该做而没做的事哭泣，也为自己的拙于表达而哭泣。孩子们说我“没能实事求是地说出一切”，我想我是永远也做不到了。

四点钟到了，该上路了。我们要集体开车赶路，一路直奔，明天下午到达多伦多。我们会整晚不停，最多只在几个服务站稍事休息。每辆车上会留一个头脑清醒的开车，其他的人会用酒精来麻木头脑，要喝酒的原因很多，很复杂。或是为了放松一下头脑与舌头，或是为了让头脑与舌头倒下，或许就像手术前的麻醉剂能缓解一下痛苦。我们会在夜间疾驰，穿过四个相邻的省份。

我们出发了。我觉得自己像是中世纪的游吟诗人，完成仪式性的告别之后，准备迎接注定的命运。我不想刻意有这样的感觉，我想从死亡与自怨自艾的情绪中摆脱出来。

车速越来越快，海边的大地从旁闪过。我坐在头车的副驾驶位置，靠在窗边，从后视镜里，能看到其他车鱼贯而行，跟在我们车后。我们路过祖辈曾经劳作过的煤矿，那里千疮百孔，早已遭废弃。随着渐渐消失的日光，我们一路向西。后排的伙伴互相传递着私酒，想在局促的空间里把腿放得舒服一些。之后，他们开始用盖尔语高声歌唱起来，几乎是无意识间，唱出的歌词如此陈旧，却又如此熟悉。他们熟悉这些词句，就像熟悉手里的工具一样。我也默默唱了起来，我知道，其他车里的人肯定也同样在唱着歌。在盖尔语里，没有再见，只有永别。

大约二十五年前，我还在大学时，偶然见过一首十五世纪的抒情小诗。昨天晚上收拾行李的时候，我又在长女的文学课本里看到了这首小诗。她的文学课本跟我原来随意看到的书迥然不同，差异之大，可能就像我和我女儿之间的差异一样。但是，诗还是一样的诗，没有丝毫变化。随着盖尔语的歌曲在高速行驶的车中响起，回荡在我耳边，这首小诗也来到了我心里。我没有刻意想见它，或是欢迎它，其实，再次见到它之前，我几乎已经把它忘掉了。可是，无论怎么想，小诗还是来了，仿佛眼角突然看到一位从未盼望会遇到的熟人一般，小诗出现了，悄然临近，不请自来，像是从盖尔语的滚滚波涛中闪烁的朵朵浪花，相似却不同，不同却又相似，一旦出现，便无法再让它离开了：

我走向死亡
骑士走向战场
战斗为我赢来鲜花
战斗不能平息对死亡的渴望
我告诉你真相
我走向死亡。

我走向死亡
犹如一位国王
世间纵有千般荣耀
我依然回归大地
属于人的
只有死亡。

冬天的狗

（1981 年）

十二月临近圣诞的时候，我写下了这个故事，我身在安大略省的西南部，那是第一场雪之后的第三天。雪是在晚上或者清晨悄悄落下的。半夜我们上床睡觉的时候，并没有看到雪。清晨时分，我们听到孩子们在走廊对面的房间里唱起了圣诞歌曲。天色依然昏暗，我翻了个身，看看时间，凌晨四点三十分。肯定是有个孩子醒来了，从窗户里看到了雪，便迫不及待地把别的孩子叫起来了。孩子们为了圣诞节的承诺有点疯狂，这下看到了雪，更是又惊又喜，不知所以了。这个地方没有人说要下雪的，甚至到昨天，也没人说起会有雪。

“你们在干什么?”尽管知道他们在干什么，我还是问了一句。

“唱圣诞歌曲！”他们也知道我的意思，“下雪啦！”

“安静些，”我说道，“你们会把小宝宝吵醒的。”

“她早就醒了，”孩子们说道，“她在听我们唱歌呢。她喜欢我们唱歌。我们能出去堆雪人吗？”

我从床上起身走到窗前，邻居的房舍已经被笼罩在雪中了，家家户户安安静静，还没有灯光亮起来。雪已经停了，洁白寂静，映衬着黑夜的影子。

“现在的雪不适合堆雪人，”我说道，“太干了。”

“雪怎么会是干的？”有个小点的孩子问道。接着，一个大点的孩子问道：“那我们能出去在雪里留下第一行印记吗？”

孩子们把我的沉默当成了许可，伴着嘈杂的吵闹与笑声，他们下楼开灯找衣服，你推我搡地穿上了外套和靴子。

“怎么回事？”妻子在她的床上问道，“他们在干什么？”

“他们想去外面，在雪上留下第一道印记，”我说道，“昨晚雪下得很大。”

“现在几点了？”

“四点半刚过。”

“哦。”

过去的几个星期，我们一直神经紧张，少有休息。亲爱的人远在加拿大东海岸生了重病，情况不明，我们多有不安。我们考虑过是不是该驱车一千五百英里去看他，但是这个想法被否决了，有太多不确定因素，距离太远、耗费太高、天气多变、圣诞节期间的其他不便，等等。

我们睡得不好，不请自来的梦让人辗转难眠。夜里十点之后的电话让我们惊起，遥远地方传来的声音又让我们放下了心。

“首先，没什么糟糕事，”他们说道，“一切照旧，跟以往一样。”

有时候，我们自己会打电话过去，也会打到哈利法克斯的医院里，电话那一头的应答声，会让我们惊讶。

“我刚从纽芬兰过来，今天下午刚刚到。我打算待上一个星期，他今天看上去好多了，正在睡觉。”

有时候，我们会接到从更西边打来的电话，从埃德蒙顿、卡尔加里和温哥华打来的电话。人们想从最主观的角度出发，找到最客观的说法。从不列颠哥伦比亚到纽芬兰，跨越若干个时区，人们都被未来的不确定搅得心神不宁、坐立不安。

在我们所在的城市，亲人们也会互相走动，商议各种可能：

如果他今晚去世，我们就立刻赶去，你跟我们一起吗?

我们得开车走，现在这个时候，没法订机票的。

我不知道我的车行不行，我害怕过卡巴诺附近的大山。

要是我们在里维耶尔-迪卢抛锚了，那情况就会比待在这里还要糟。那地方太远了，没人能来帮助我们。

我的车可以去，但我也不确定我是不是能开过去，我的眼睛不太好了，特别是晚上有低飘雪的时候。

也许不会有低飘雪。

总是有低飘雪的。

如果你打算开车，可以开我们的车，我们可以直接开过去。

约翰打电话说，如果我们愿意，可以开他的车，或者他自己开车。他可以开自己的，或者别人的。

他喝酒太厉害了，特别是要开这么远的路，又是一年中的这个时候。自打他知道这消息之后，他就开始喝上酒了。

他喝酒是因为他操心，他就是这么个人。

不是每个人都喝酒。

也不是每个人都操心，如果他答应你了，他在到达之前是不会喝酒的。我们知道的。

但是，目前为止，什么事情都没有发生，一切如常。

透过窗户，在白色的雪地上，孩子们出现了。我隔着窗户听不清，只能感受到他们的欢笑声。孩子们裹着层层叠叠的衣服，像哑剧演员一般登上了最洁白的舞台。孩子们无声无息地跳跃奔走，挥动双臂，仿佛身材臃肿的鸟儿，却满心欢快地束缚于大地之上。最大的孩子提醒其他人，不要太吵闹，不要惊扰了熟睡中的邻居。孩子们只能像哑剧中的演员一般，时不时地举起戴着手套的手捂在嘴上，捂住欢快的笑声。月光之下，孩子们在雪地上舞动，昂首跳跃，相互投掷，画出各种形状，写出字母，在未经沾染的雪白之上，画出弯弯曲曲的线条。所有一切，均是在寂静之中，周遭的世界似乎从不知晓他们的到来。即便对他们的父亲——对站在黑暗窗边的我而言，一切也犹如梦幻一般。孩子们像是从传说的世界中跳出来的，像欢快的小精灵，在隐秘的时间与天黑地白的世界里欢腾雀跃，却又会在第一缕晨曦之中消失得无影无踪，只留下曾经存在过的种种痕迹。我想要看看空空如也的床铺，去核实一下我心中的念想。

从眼角里我看到了它，一条金色的狗，长得像柯利犬一样的狗。它像是从舞台侧翼上场的，又好像是一幅冬日风景画的角落里刚刚被人注意到的角色。它安静地坐着，看着眼前欢快的一幕。接着，如同收到了静默的邀请一般，他跳进了舞台中央。孩子们绕着圈追逐着它，随着它的闪转腾挪而跌倒翻滚。它则出没在孩子们的腿间，与他们伸出的臂膀周旋。它叼起了一只掉落的手套，兴奋地丢在空中，又在手套即将落地之际，用嘴咬住，其他人翻滚着身体也去争抢，它又率先抢到了。它跑到舞台边缘，面朝孩子们，用两只前爪逗弄起手套，孩子们奔向它，它又往前一跃，把甩出的手套接住。它跑出之字形在孩子们中间穿梭，如同周末赛场上的橄榄球运动员，它穿过了人群，摆脱追击者，得意洋洋地向后回望，又把手套高高地抛向空中，像是到了得分区一样。它叼住手套，大步慢跑，围着正追逐它的孩子们绕起了圈子，逐步接近他们，就在孩子们的手要碰到它的肩背和胯部的一刻，它却将身体一扭，灵活地摆脱了。孩子们总能碰到它，却总抓不住它，游戏的精妙处就在于此。接着，它又不见了，正如它出现时一样突然。我看向相邻的街道，看向它常常出现的房子，它总是在那里，戴着一条三英尺长的链条。我看到它的身影闪过，也许是白雪，也许是街灯或是月光映照出它的身影。

它的影子划过一条弧线，仿佛在篱笆上稍作停留，便立刻消失在了篱笆的另一边。它肩部着地，摔在了蓬松的雪堆上，身体稍作翻滚，便站稳了脚跟，消失在主人房屋的阴影中。

“你在看什么?”妻子问我。

“邻街的那条金色柯利犬，刚刚和孩子们在雪地上玩了一会儿。”

“它不是总在篱笆围着的院子里吗?”

“我猜不是，它刚才跳过篱笆，又跳回去了。我猜狗主人和其他人会觉得它是关起来的，但是狗知道它没有被关住。也许它每天晚上都会跳出来，过着另一种生活。我希望没人看到它的足迹，不然它就得被锁起来了。”

“孩子们在干什么?”

“他们追狗追得累了，估计他们马上就会回来。我要下楼，等等他们，也给我自己煮杯咖啡。”

“好的。”

我又看了一眼篱笆墙里的院子，但是没有看到那条狗。

十二岁的时候，我第一次见到一条这样的狗。那时候，它只是一条两个月大的小狗崽，被人放在火车站，火车站离我们家有八英里。有人打过电话，或是顺路进来说了一句“你的狗到火车站了”。

因为一封信和一张支票，它来到了布雷顿海角。信和支票是我父亲寄往安大略的莫里斯堡的。我们在《家庭通讯杂志》上看到了推销“可以放牛的牧羊犬”的广告。当时，我们急需一条好狗，一条能干活的狗。

它的纸箱里面干净整洁，有一些狗饼干，还有一只罐子用来装水。运送行李的工人把它照顾得很好，在向东的旅程中，它的情绪也很好。它戴着一只白色项圈，脖子和胸前是白色的，有四只白色的大爪子，额头上也有一抹白毛。它的毛发蓬松，是一种闪着金光的棕色，但眉毛、耳朵尖与尾巴尖上的毛色要深一些，接近黑色。等它完全长大之后，发黑的毛色变成了深黑色。尽管它有柯利犬一般厚重的皮毛，有些地方毛色却更显灰色，而非金色。他比一般的柯利犬个头高，胸膛也更宽阔，它有点像德国牧羊犬。

它来的时候是冬天，我们把它养在屋子里，它睡在火炉后的一只箱子里，里面垫着一件旧外套。我们养的另外几条狗不是睡在马厩里，就是睡在木头堆背面的背风处，或是睡在门廊下面，还有的蜷缩在朝向大海的屋檐下面。我们更关心它，一方面是因为它还小，那时又是冬天，它像我们家的客人一样；另一方面也是因为我们对它更有期待，或者也是因为我们为它付了钱。期盼它的到来有一段时间了，感觉像是迎接一个“计划中”的孩子。那些觉得花钱买狗有点不可思议，或是过于挑剔的邻居和亲戚会问：“这就是你们家从安大略买的狗？”或是：“你们真觉得这条安大略的狗有什么特别的？”

结果是它一点也没有什么特别的，也没人知道为什么，或许是因为它有我们怀疑的德国牧羊犬的血统。但它“完全摸不到窍门”。尽管我们跟它一起干活，像训练其他狗一样地训练它，它也总会把事情搞砸。它是一条“头狗”，不会跟在牛群后面赶牛，而是从前面冲向牛群，阻碍牛群前行，把牛群搞得不知所以，只能在原地毫无目的地打转转。有那么几次，它会跟在牛群后面，却又太“凶猛”了，它不是采取像泥瓦工用抹刀抹墙一样的策略，不会用阻挡与指示的办法，而是去咬牛，吓得它们蹦来跳去。有时候在夏天，奶牛会因为它错误的追逐，吓得慌慌张张地挤作一团，回到牛圈里后，奶牛惊恐地摇动着巨大的牛角躺倒在地，流着汗，张着嘴，拼命喘气。在奶牛的腿下和尾巴下面，浪费的牛奶和被它咬伤的伤口里流出的血混在一起。人们觉得它真是成事不足、败事有余。

逐渐地，每个人都失望了，尽管它还在长大，也长成了一条灰色与金色交织的大狗，人们也只是认为，它是一条“长得不错的狗”而已。

它长得特别强壮，在冬天，我会套上它去拉雪橇，它拉起来很轻松，也很顺从，几乎任何一种路面它都能轻松愉快地胜任。套上缰绳之后，我会在它的脖子上套上一个项圈，再加上一条松松的绳子，确保我能最低程度地控制它，但几乎也从来没用过。它会把圣诞节的树拉回家，会把面粉拉回家，或是把我们在林中打死的鹿带回家。我们一起去察看冬天的捕兽夹，它会拖着黄麻袋回家，里面是我们捕到的山鸡和野兔。它也会拉着我们回家，特别是在海边开阔的大风吹袭的平地上。这里的雪不会很深，水从淡水泉眼或是池塘里渗出，变成了冰，上面是一层雪，雪橇的滑板可以轻松滑过。它会先大步慢跑，逐渐增加频率，它跑得非常平顺，只有在经过一些凹凸不平的地方时，才能感到它和雪橇与地面只有些许的磕碰和接触。它四肢伸展，耳朵平平地贴在脑后，肩膀随着跑动的节奏收缩隆起。我们坐在它身后的雪橇上，会尽力抓住雪橇的木板条，因为它的脚爪会把冰雪翻起，碎冰屑会打到我们脸上。我们通常歪着头，闭上眼睛，风刮得迅疾无比，也不说清脸是冻得疼，还是伤得疼。它会一直这么跑，直到下午将尽，我们该回家，又要开始家务劳动的时刻。

在我记忆里的那个冬日的星期天，阳光普照，天气晴朗，我想去看看之前下的捕兽夹。那天下午，我身边没有其他的孩子，大人们在家等候亲戚拜访。我把狗套上雪橇，打开房门喊了一声要去看捕兽夹，便出门了。去林中的路上，我们要爬过屋子后面的小山，我回头眺望，看向大海。“大冰块”是我们给大块流冰起的名字，这种冰会在岸边冻得结结实实，一直延伸到视野之外。昨天，“大冰块”还没有进来，尽管在过去的几个星期里，我们已经看到它向海岸移动过来了，依着风向与潮汐的变化，时远时近。大块流冰的到来，标志着冬天最冷的日子正式开始了。流冰绝大多数来自北极和拉布拉多，但有些淡水冻结的流冰也可能是从圣劳伦斯河口过来的。流冰随着气温的骤降到来，带来彻骨的寒冷，绵延数百英里，坑坑洼洼，层层叠叠，有时形状古怪，有时又像是气势恢弘的建筑一般。流冰常常是蓝色和白色的，有时是灰色，还有的时候带着一层耀眼的翠绿色。

我和它改变了方向，跑向海边，想看看冰上会有些什么。我们的地在海边，我们也常会跑向大海，去看看有什么新奇的东西。在过去的日子里，我们就像其他在海边居住的人一样，也的确找到过不少东西，尽管从没有见过海盗们的满箱黄金，或是神秘光照的来历，直到今天老人们还在谈论这些神秘的光，坚持说自己见到过。但是，我们见到过小桶的朗姆酒、膨胀的马尸、各种各样的渔具、值钱的木材与家具，都是从遇难的船只上漂来的。我房间的门，便是用一艘名为“朱迪斯·富兰克林”号上的厨房舱门改造的。这艘船是在初冬遇难的，我的曾祖父当时正在修建房屋。我祖父回忆说，人们听到了呼叫声，看到了船只接近岩石时射出的灯光，人们在黑暗中跑过去，一边把自己绑在岸边的树上，一边向船上的人抛去绳索。船上的人都得救了，包括抱着小孩子的女人。第二天，正在修造新房子的人下到海滩边，从撞坏的船上各取所需。这是新与旧之间具有象征意义的结合：门和搁物架、楼梯、舱口盖板、木头箱、木头柜，还有各种各样奇迹般没有损坏的玻璃雕像和灯。

海上也会有人，有死人，也有活人。还有被海水冲上岸的尸体，有的是那些被报告在海上失踪的人的尸体，还有些尸体被发现时仍缩成一团，藏在撞毁的船头。在深冬时节，还能碰到年轻的海豹猎手，他们弃船而逃，走过冰面，来到我们家门口。这些人往往非常年轻，甚至只有十几岁，他们签了一份自己再也无法忍受的工作合同。他们通常分不清方向，也不知道自己身处何地，只是看到了土地便走了过来。他们常常忍受着冻伤的折磨，身上没有钱，也不知道该怎样才能去哈利法克斯。我和狗走向了海上的冰面。

有时候你很难踏上冰面。在冰面和海岸的交接处，有时是开阔的水面，有时是不规则的凹陷，这些有的是因为海岸线自身条件的原因，有的则是由于潮水和潮流的冲击。但是，那天我们没有遇到什么困难，很轻松就上了冰面。对新的冒险我们热情高涨，很快便走完了第一个一英里，什么也没有看到，只有无尽的白色。我们到达了一处狭长的冰面，冰面光滑毫无皱褶，就像是室内剧场一般。我跪在雪橇上，狗轻松地阔步向前，冰面逐渐变得不那么平滑了，有相互挤压隆起的褶皱与小丘，很难再驾着雪橇往前走了。突然，绕过冰面上一座小丘时，我看到了一头极好的海豹。起初，我觉得那海豹是活的，它也觉得海豹是活的，它突然停下来，雪橇差点撞上它的后腿。它后颈上的毛直竖着，咆哮起来，变得越来越凶猛。但是那头海豹已经死了，冻得硬邦邦的，完好无损，真是让人难以置信。

海豹深色的皮毛上有一层薄薄的白雪，胡须上还挂着一层薄霜，勾勒出胡须的形状。海豹双眼圆睁，盯着前方的陆地，即便我此刻想起来，依然觉得那一幕非常真实，海豹像是经过了某种冷冻处理，变得比活海豹更加真实、更加生动。我立刻就想到把它带回家。

那海豹的身体冻得很坚实，我想找个东西当撬棒。我把雪橇从狗身上解下，把雪橇和索具放在小冰丘上当作标记，然后去找东西。走了一段后，我找到了一根十二英尺长的棍子。能在冰面上找到棍子真让人惊讶，但也总是能找到，就像你会在夏日的海面上找到一根漂浮的木棍一样，虽然不可预知，但也总有可能。我带着棍子回来，开始干活。它跑到一边，自己探索去了。

尽管海豹在冰面上冻得很结实，但也并非无法撬动。我先把木棍的一头插到一边，再插到另一边，在前面撬几下，到后面撬几下，海豹逐渐松动了。我还记得干活让我热了起来，我撬得很用力，汗水流个不停。它跑了回来，显得有点不安。天开始下雪，我也快干完了，它闻了闻死海豹，似乎没有什么兴趣，接着便哀号起来，这倒不是他常常会做的事。最后，我又花了十五分钟，终于把战利品滚到了雪橇上，套上了狗，我们出发了。刚走了不到二百码，海豹从雪橇上滚落了下来。我带着雪橇和狗折返，再一次把海豹滚回到雪橇上。这一次，我从它的项圈上解下绳索，把海豹绑在雪橇上，我觉得它无论怎样都可以跑回家，所以不需要牵着它了。我打了个笨拙的绳结，打结的手指都是僵硬的。它又站直身子，哀号起来。我发出指令，它向前冲去，我坐在雪橇后面抓住死海豹。雪又大了一些，雪花打在我脸上，但我们移动得很迅速。我们滑过舞台一样的冰面，像一艘冰船，僵硬的海豹尸体放在雪橇前面，就像维京人船头的装饰物。快到平滑冰面的尽头时，我们出了意外。我坐在雪橇后面，从我的位置上刚看到它，便感到它掉进了海水中，就在雪橇和海豹跟着它跌入黑色的海水中之前，我赶紧向后滚去。它掉入水中，出于惯性立刻从水中冒出了头，前爪搭上了冰窟锯齿般的边缘。但是，由于雪橇和负载的重量与惯性的冲击，它又落入了水中，这一次我看不到它了。

我意识到我们是撞到了“接缝处”，就是平滑的流冰与海岸边的粗糙冰面的结合处冰面看似冻结到了一起，其实只是暂时的，但颇有欺骗性，正如现在流冰和海边的冰面并没有冻结实。看着眼前正在扩展的缝隙，我跳到了另一块冰面上，又看到了它的头奇迹般地再次露出了水面。我趴在冰面上，用双手拉着它的项圈，那一刻，我陷入了惊慌，不知道自己该做什么。我感到自己正在被拽向它，被拽入黑暗的海水中，我能感觉到那种将我向前、向下拉动的重量。我还能感觉到它剃刀般锐利的前爪正在我眼前拼命挥舞，我有可能被它抓瞎。我能看到它的眼球凸起，它或许以为我是要淹死他，它或许会在绝望中用牙齿咬烂我的脸，这些我都知道，我却什么也做不了。看起来，更简单的做法就是这么抓着，然后被拖入缓缓波动的黑暗海水中，缓缓地进入，全然不必如此紧张。突然间，它自由了，拖着身后的雪橇爬过了我的肩膀。死海豹也冒了出来，或许是因为冰冻的身体具有的浮力，或许是因为皮毛的天性，死海豹看上去似乎比活着的时候更为真实，海豹的口鼻与脑袋冒出水面，颇为好奇地看着我们，但也只是一瞬间，随即就永远消失在了冰面之下。显然是我刚才匆忙中笨拙打的绳结，在雪橇几乎完全横过来的情况下自己散开了，我们因为我僵硬的手指而得救了。命运让我们逃过了眼下的劫难。

它躺在冰上喘着气，把冰冷的海水吐出来，接着它的皮毛开始冻结。我也感到了自己身上的寒意，其实就在我躺在冰面上的一瞬间，我的衣服便开始和冰面冻在一起。

早前流下的汗水，现在变成了身上的白霜，在我的想象中，衣服下我的身体已经裹上了一层白霜。我又上了雪橇，俯下身子，它朝着家的方向奔去。它的皮毛迅速结冰，随着跑动的节奏，一根根结冰的毛碰撞在了一起噼啪作响，就像是一组响板。雪已经下得非常密了，下到我们的脸上，天色也接近黄昏，尽管我有点怀疑，陆上是不是也到了黄昏，因为我还看不到陆地。我突然意识到自己早该考虑到的一些问题。如果雪这样不停地落在我们脸上，那么风就是从陆地上刮过来的，如果风真是从陆地上刮过来的，就会把浮冰推回到海上，这就可以说明，为什么刚才冰面上有裂隙。同样，流冰可能只会和海边的冰“结合”一个晚上，而没有机会冻结实。我还认识到了其他问题，现在快到傍晚，大海要退潮了，却没人知道我们在哪里。我曾经说过，我们是去察看捕兽夹的，但我们根本没去。我也想起来了，即便这个错误的信息也没人回应过我，可能根本没人听到我说的话。如果陆上也像这里一样在下雪，我们的足迹现在已经被湮灭了。

我们到了一片粗糙的冰面上，两边是厚木板一样的冰块，其余的冰层被奇怪地叠放在一起，我没法驾着雪橇前行了。我站起身，立起雪橇并用手紧紧地握住，靠着雪橇来拉住狗，往常套在它项圈上的绳子已经随消失的海豹丢失了。我站直身子，双膝僵硬，因为没有狗在前面挡风，我感到雪带着全力冲向我的面颊，打向我的双眼。雪不止模糊了我的视线，还进入我的眼睛，让我流泪，把我的眼睛几乎冻住。我能感到眼睫毛上冰的重量，也能看到睫毛上的冰在慢慢落下，变得越来越重。我不记得以往有这样的经历，但也不觉得特别惊讶。我双脚脚底已经冻麻木了，我用力踩着脚下的冰，看看冰会不会移动。但是我也不确定，因为没有固定的参照物，这种感觉就像人们踩在机场的传送带或是自动扶梯上一样。你站在那里能感觉到自己的移动，但是如果闭上眼睛什么都看不到，就很难说清楚了。认知到这一点，会让人特别慌张。

它又开始哀号起来，围着我转着圈，我手中握着雪橇，它身上的索具把我的腿也绊住了。我没法拉住它，也什么都做不了，我就让它走了。我解开它身上的索具，尽可能把索具对折，塞进它背鞍的缝隙里，不让绳子牵住它，或者挂到其他的障碍物上。做这些事时，我没有摘下手套，我担心一旦摘下手套可能就再也戴不上了。眨眼之间，它就消失在了风雪之中。

我双手紧抓雪橇，就像是举着一张盾牌，徒劳地想要抵御风雪。雪橇是一位叔叔送我的礼物。我尽可能低下头，转向一边，让风吹到头顶上，而不是直接吹到脸上。我会时不时转过身，倒着走上几步。我知道这么走并不明智，但也只有这样，我才能呼吸。此时我觉察到脚底下的海水在晃动了。

由于潮汐或海流的强烈冲击，冰面会分开，冰层下面的海水会如洪水一般涌上冰面。有时候，你能清清楚楚地看到海水下面的冰层，有时候，只是混合着雪和还没有完全冻结实的“雪泥”。这层雪泥又厚又密，像浓汤一样，看不到下面到底是什么。有经验的人如果走到这种冰面上，会用一根细细的杆子戳戳脚下，看看脚下的冰层是不是冻牢固了，我肯定不算是有经验的人。我突然有点后悔，不该把刚才那根撬动海豹的棍子给丢了。我别无选择，只能硬着头皮往前走。

走到冰层上，最初的感受甚至是一种解脱、一种放松，最初的一刻，海水竟异常温暖，要比刚走上去时暖和得多。这种感觉既虚假又危险，我立刻就感到身上的衣服变得更沉重了。我紧抱雪橇，就像抱着木筏子一样，深一脚浅一脚地踏过海水，希望雪橇能碰到坚实的地面。我的双臂又累又酸，实在举不起来了。面对漫天大雪，我第一次哭喊了起来。

它几乎立刻出现了，尽管我能看出它也很害怕，冰泥也几乎没过了它的膝盖。但是，看起来它还是踩着坚实的冰层，因为它不是在游泳。我踩着雪泥向它走去，快到它跟前时我绝望地把雪橇扔到面前的冰面上，快步走向它能够站得稳脚跟的地方，雪橇戳在地下，感觉是扎在一团冰冷黏稠的稀粥上。它向前跑了几步，尽管我还是不知道它脚底下踩的到底是不是坚实的冰层。终于，我抓住了它索具上的胸带，它开始向后退，我曾说过，它非常强壮。索具滑到它胸前，但它依然在向后拽，我也紧紧拉着索具，肘部感到了坚冰一样的东西，我可以勾住坚冰的边缘，把自己向前拽。我浑身湿透，滴着水，像是黑暗的海水中冒出的另一头海豹，又到了烂泥一般雪白的冰面上。我的衣服立刻被冻住了，只要稍微弯曲，肘弯和膝盖处便嘎吱作响，就像科幻小说世界里的机器人。我感觉到自己被装进了透明的冰衣里，身上像涂了一层透明的虫胶。

跌进冬天的海水中，一开始竟然会觉得温暖，真是不可思议。现在我的冰雪外套更像一层盔甲，让我免受寒风的侵袭，但是我知道这只是幻觉，我没有多少时间了。它迎着风继续走，我跟着它，这一次它没有走远，总在我的视线中，它甚至还会回过头来等等我。它很小心，但也很有信心，雪泥逐渐消失了，尽管我们还被海水包围，但冰层变得坚硬了，冰层下也变得清晰起来。我的衣服冻结实了，身上感觉很沉，我觉得自己有点可笑，身穿冰雪盔甲，身上热汗横流。我感到疲惫，但我知道，疲惫是一种危险的感觉。终于，我看到了陆地，就在不远处，令人惊喜，就像在冬天的暴雪之中在高速公路上邂逅了一辆停下来等你的汽车。陆地只有几步之隔，尽管已经没有冰面与海岸相连，还是有几块冰浮在陆地与海洋之间。它从一块冰跳到另一块冰上，我紧抓雪橇，跟随着它，只是在跳往最后一块接近海岸的冰面上才踏空。海水只到我的腰部，我能踩到底。我哗哗地劈开海水上了岸。我们又逃过了一劫。我永远也无法知道，它到底是回到海岸边之后折返回来的，还是听到了我的呼喊声回来的。

我们向家里跑去，天光尚在，暮色即将降临，风还在不停地刮，雪已经不下了。我回望大海，呼啸的阵风之中，冰面与大海均已模糊，我像是从遍布雪花点的电视屏幕上看着遥远的国度。

我有点不知所措，幸好没人知道我这么不听话，我也不会被当成傻瓜。客人们的车停在院子里，我想家人可能还在客厅或起居室里。我带着它绕到屋后，从厨房进了屋。我上了楼换好衣服，一路上没人注意到我。下楼之后我跟大家打了招呼，装得若无其事。家人忙着招呼客人，大家也只是跟我随意聊了聊。狗没有办法换衣服，只能用头枕着爪子，趴在桌子下面，也没人注意到它。后来，它皮毛上的冰融化了，地上有了一摊水，我趁没人注意擦掉了。后来有人说起，“那条狗去哪里了，皮毛都湿透了”。那天下午的遭遇，我从没跟人讲过，更没说起是它救了我一命。

两个冬天过去了，我坐在邻居家厨房的餐桌旁向窗外望去。它就要被人打死了。它一直跟着我父亲，也跟着我。现在，它神气地蹲在屋子旁的一座小山上，实际上却是一个明显的靶子。但是，它却凑巧或不凑巧地动了一下，一颗威力强大的子弹打碎了它的肩膀。它跳向空中，面目狰狞地想去撕咬自己的伤口，像是要咬下它看不见的令它剧痛无比的东西。接着，它转过身，用三条腿一瘸一拐地向家里跑来，依然是那么强壮。它和我们一样，都觉得只要能跑回家，就会得救。但是，它没能跑回来，我们也知道它跑不回来，雪地上洒了那么多血，也看到了它的三条腿在地上留下的歪歪扭扭的痕迹。但正如我说过的，它真是非常强壮，在雪里差不多跑了四分之三英里。它的尸体躺在路旁，我们走到近前，从它倒下死去的地方可以清楚地看到我们的房子。它睁着眼睛，牙齿死死咬住舌头，身体里所剩无几的血流到冬天的雪地上，红一块黑一块的。它终究没有逃过这一次的劫难。

我后来才知道，是父亲要邻居打死它的，我们引着它进了布下的圈套。父亲之所以要这样做，或许是因为邻居年轻一些，有一把好枪，枪法也更准。或许是父亲不愿自己动手。很显然，父亲没想到它的死会这么不容易。

我家的狗变得越来越强壮，越来越有保护欲，人们都不敢进我家院子。它两次咬伤过邻居家的孩子，孩子们上学放学都不敢经过我们家门口。街区的人觉得它太霸道了，它会比其他狗在夜间跑得更远，也总是能咬伤比它个头小的那些狗，让它们没法与它竞争异性。或许人们担心，它这种控制欲和不讨人喜欢的特点，会繁衍出更糟糕的狗。

我写下这些事，是因为看到了一条金色的狗在寂静的雪中和我兴奋不已的孩子们玩耍的场景。看到这些，我的记忆被打开。孩子们已经进屋了，喝着热巧克力，风也刮起来了。我离家去上班的时候，已经看不到他们早上玩耍的痕迹，也看不到狗跳过篱笆的痕迹。我清扫汽车玻璃上的雪，那条被关起来的狗淡然地瞧着我。它知道些什么？它好像有话要说。

雪花不停地飘落，让我们本已不确定的未来，又增加了几分未知。我们是该今晚驾车前去吗？路途遥远，风雪交加，雪要从安大略、魁北克、新布伦斯维克一直下到新斯科舍的花岗岩密布的海岸边，要是死神在招呼我们，我们便会去死。当然，也正是因为我还活着，才可能去考虑种种可能，要是不曾被那条金色的狗救下，我也不会为这些事揪心了，也不会看到孩子们在雪地中玩耍，当然，也不会有这些记忆了。正是因为它，我才能活到现在。

我没能救下它的命，真是遗憾，看着它躺在路边的血迹斑斑的尸体，我的感觉对它毫无意义。太晚了，我无能为力，即便我能够预知未来，生活也一样不会容易。

它只跟我们待了一段时间，给我们的生活带来一些改变，但是，它一直在那里，在我的记忆里，在我的生命里，它从未消失过。在冬天的风雪之中，它就在那里，在那些灰色与金色交杂的大狗中间，它们的耳朵尖和尾巴上有黑色的毛。它们或是睡在马厩里，或是睡在木头堆背面的背风处，或是睡在门廊下面，或是蜷缩在面朝大海的屋檐下。

曲近完美[①]

（1984 年）

① 原标题为 *The tuning of perfection*，译者结合小说情节处理。

四月中旬了，他觉得自己又熬过了一个冬天。他七十八岁，最好现在就把他的年纪说清楚，不要只用“很老了”“挺精神的”“比实际年龄年轻”等说法。他七十八岁，消瘦挺拔，深色头发，棕色眼睛，牙齿还是自己的。人们总说他“干干净净”的，他胡子刮得干净，衣服穿得整洁，显得井井有条。他喜欢穿背带裤，不喜欢系腰带，他觉得背带能让裤子显得更有型，不会让裤子松松垮垮地耷拉在腰上，露出一大截衬衣。每次出现在公众面前，他总穿着皮鞋。在冬天或雨天，他会穿套鞋或橡胶雨鞋，或是他所谓“鞋套”的东西，就是前面有拉链的橡胶雨鞋，能保护鞋子。他从不穿着普通的胶鞋出现在公众面前。他当然有胶鞋，胶鞋放在门廊前的角落里，一块干净的硬纸板上，摆得整整齐齐。

他独自一人住在靠近山顶的房子里，房子是他年轻时自己建的。在这块空地上，原先有过一所老房子，地窖的空洞清晰可辨，还有四周爬满了青苔的石头，是最早的地基。老房子是他曾祖父建造的，曾祖父从苏格兰的斯凯岛来到这里不久后便建成了这座房子。有时候老房子被人叫做“第一所房子”，有时又被叫做“老房子”，其实早已不在了。没人确切知道他的曾祖父为什么会在这么高的山顶上修建一所房子，他其实有土地，更合适盖房子。有人说，他的曾祖父是伐木工，想从山顶伐起，一路砍伐下来；有人说，他在苏格兰经历了太多的暴力，想在新世界躲起来，住在山顶可以趁敌人还没看到他，就先发现敌人；有人说，他其实只是想一个人待着；还有人说，他可能是喜欢这里的风景。这些原因常常混在一起，代代传递，显得越发遥远，或许风景一说流传得更长久。从斯凯岛上来的人与他们建起的房子早已消失，但风景还在。这里的景色真不错。山顶上可以看到山谷逶迤，绵延好几英里，可以看到前方无数小山。向西看去还能看到大海。夏天，能看到各种各样捕鱼的小艇。冬天，可以看到捕海豹的船，还能看到爱德华王子岛的海岸线，能看到扁平的马达兰岛。再往东看，则是纽芬兰紫色的轮廓。

从山谷下的大路，或者说是铺过的路，到他的屋子开车上去有五英里远。要是抄近路步行上山就近多了。一路走小路上山，可以看到从山上流下的溪流汩汩奔腾。过去小路上也会有步行与骑马的过客。但是越来越多的人开上了汽车，小路上慢慢也少有人迹、杂草丛生了。春天，山上洪水冲毁的便桥，有的没有及时修理，有的也只是草草整修一下了事了。

一直以来，从大路到他家院子的那段山路虽然蜿蜒崎岖，却像其他类似小路一般常常引起争议。住在山上的居民，大多是他的亲戚，散居在斯凯岛的曾祖父分给他们的土地上。有些道路是公有的，可以由政府的路政部门养护，有些路段，譬如他的，是私有道路，政府并不负责，需要由依靠这些路生活的人自己养护。从山下往山上数，他的屋子距离“倒数第二所”房子，或者说“第二所”房子——取决于你计数的顺序——有一英里，他从来没看到有推土机、砂石卡车来过，或是冬天有扫雪车来过。那么难走的之字形山路，回形针一般的急转弯，山谷两旁沟壑中还常常有滚落下的汽车的残骸。路政部门其实也暗自窃喜，并不愿意派人来山上养护道路。路政部门对于比较低的路段也不是很上心，常常招致各种的请愿，要求“缴税了就该得到更好的服务”。另外，只要有把“私有”道路变成公有的提议，便会掀起一片反对的声浪，“我们祖先的土地就是我们的”。从山上往下走三英里，或是从山谷往上走两英里，有一处较开阔的平地，是给校车掉头用的。从此地往上，也包括这个用于车掉头的地方，道路养护得不错，和其他地方一样好。

他并不在意一个人住在山顶上，他说山顶上的电视信号很好，此话没错，当然这也是最近才能说出来的理由。一九二五年，他修房子的时候，还没有电视。他正为临近的婚期而热切盼望。即便在那个时候，人们也挺疑惑，眼看着许多人都从山上搬到了山下，他却一定要住在山上。他不理会人们的说法，只是埋头和自己的孪生兄弟一道修造自己的房屋。只有在诸如架房梁、造山墙等实在需要帮助的时候，才请别人来帮忙。

他和他的妻子同岁，他们还很年轻的时候，就为彼此痴迷。他们都从没交过另外的男女朋友，他对她说，等屋子一建好他们就结婚。他很想把屋子建好，他们一结婚就可以单独生活在一起，而不用按当时的风俗，和父母或其他亲戚住在一起。他不顾一切地干活，期待可以早日结束单身，开启两个人的生活。

他和兄弟俩人按照老法子盖房，自己画图纸、砍木头，用自己的马把木头拖来，搭起自己的锯木机和刨子。他们用的是木榫，而不是铁钉把房梁扣在一起。在山风中，这样的房子会像船一样移动，但不会坍塌，而且移动之后，房子总会回到原处。

结婚前的那个夏天，未婚妻和他一道辛苦工作，挥舞斧子，搬运木材。未婚妻的父亲说她干了太多男人的活计，她却说："我做的都是我想做的，我是在为了我们干活。"

修建房子的时候，他和未婚妻常常一起唱歌，唱的是盖尔语的歌。有时候，他们一个人唱歌词，另一个唱副歌。有时候，他们会一起唱歌词和副歌，一直到唱完为止。有的歌有十五段到二十段的歌词，要很长一段时间才能唱完。天气晴好的日子里，山下的人，甚至山谷中的人，都能听到他们锤子的敲击声，还有他们年轻而充满活力的歌声。

他们在九月末的一个星期六结了婚，九个月后，第一个女儿降临了，他们感到了短暂的快乐。十一个月之后，第二个女儿又降临了。那段时间，一到冬天他会去十五英里外的木材场打工，每切割好一科德① 的木材，可以赚到

① 科德（cord）是北美用于丈量木材的单位，一科德合 128 立方英尺，或 3.62 立方米。

一块七毛五，他的几匹马可以每月赚回四十块钱。他早晨五点半起床工作，干到晚上七点之后睡觉，他睡在用树枝铺就的小床上。

有时候，他在周末回家。在晴朗的冬夜里，他驾着马沿着山谷一路上来，她能听到清脆的铃铛声。山路陡峭，马儿却走得很快，它们知道是要回家了，有时在平缓的路面上还能小跑起来，铃铛声更会急促。有时候，他会从雪橇上下来，与马儿一起奔跑，甚至跑到马儿的前边，一来是为了暖和一些，二来也是为了能早点到家。

听到叮当的铃声，她会拿起油灯走近窗前看看，又会回到屋内再走到另一扇窗前，又退回屋内。如此一前一后的走动，像有人在有规律地拨弄着手电筒，像是闪烁的灯塔，又像是时开时灭的电灯。他会看到灯光时而从这扇窗中透出，时而从那扇窗中透出，就像他的母马到了发情期会一阵阵地发出信号。已经筋疲力尽的他，此时会充满渴望，爬山的脚步又会更快一些。

他把马系好、喂上饲料，两个人会在厨房中间相会，相拥在一起。有时候，他的衣服上依然还有雪花与霜冻，动一下或是靠近火炉，身上的衣服便会吱嘎作响。油灯放在厨房桌上，他们独处一室。此时此刻，只有山顶铁杉树上的那对山鹰，才会居住在比他们更高的地方。

他们的婚姻持续了五年，感情强烈得似乎没有尽头。他们只爱彼此，只愿和对方厮守。

一九三一年二月，她早产了。那时他不在家，因为距离预产期还有六个星期，他要在木材场多待些日子，为即将到来的第四个孩子多赚些钱。

那个时候，这个地方雪下得很大，狂风呼啸，不过一天半的时间便已严寒彻骨，没法下山给他送去消息。第二天，他的孪生弟弟出发了，给他送去了山上每个人都已知道了的消息。他失去了妻子，还有他们的第一个儿子。积雪很厚，高过他弟弟的头。他弟弟顶风冒雪而来，脸色苍白，颤抖不已，汗水浸透了全身，还没来得及说什么，便在木材场呕吐起来。

他让弟弟留下休息，踩着弟弟来时的路立刻出发了。他无法相信她竟然抛下自己先去了，不相信他们如此亲密，他竟然会是最后一个得知消息的人。他不相信他们曾经许下“厮守一处”的诺言，她竟然会在另一群人的环绕中离他而去。他无法相信那样亲密无间的开始，竟落得无从相守的结局。他很想说服自己，其实是人们搞错了。但是他弟弟苍白的脸色、颤抖的身体，还有弟弟在积雪中呕吐不止的一幕都在告诉他，不会错的。

准备葬礼的过程中，还有葬礼进行期间，他都表现麻木。他妻子的姐妹们来照顾他三个年幼的女儿，孩子们有时也会想要妈妈，但似乎很享受现在这样被很多人悉心关照的感觉。葬礼过后的那天下午，他弟弟的肺炎加剧，是那天冒雪去传递消息引发的。他走到弟弟床前握住他的手，至少这次他能够自己在场。他察觉到科拉不善的眼神，科拉是他弟弟的妻子，他从未喜欢过这个女人，她的眼神好像在说，如果弟弟没有去木材场找他，这一切就不会发生。他坐在那里，尽管有湿敷药物、擦剂以及医生的帮忙，弟弟的胸口逐渐塌陷下去。医生好不容易来到山顶，却表示说肺炎已经“急剧恶化了”。

弟弟去世后，他继续过着麻木的生活。他觉得自己像是经历了午夜大火或深海沉船，一下子失去了所有亲人。悲剧陡然而至，无人幸存。他对妻子感到愧疚，对弟弟的孩子失去父亲和自己的女儿失去母亲感到愧疚。他感到孤独极了。

他和女儿们待了一段时间，想承担起母亲的职责。但他妻子的姐妹们认为，他的女儿最好还是跟她们在一起。起初他并不同意，因为他和妻子都不喜欢这些姐妹，觉得她们比自己还要粗俗。不过他如果想要回到森林谋生，就要有人照顾三个不到四岁的孩子。从冬天到春天，他都在为此事烦恼。有时候，他会感激亲戚们的善意和帮助，有时候，又对不经意听到的议论气愤不已。他听到她们说“三个小女孩不应该和一个男的待在山上，年轻的男的”。就好像他不是孩子的父亲，而是猥亵儿童的嫌疑犯。女儿们开始去几个姨妈家里过夜、过周末，再后来，就是在姨妈家一连住上几个星期了。他离开的时候，女儿们尽管还小，却不再抱着他的腿大声哭闹，也不会守在窗边等他回来。后来女儿们像亲戚一样，改口叫他“阿奇博尔德”，他不再是丈夫、兄弟甚至父亲了，而只是“阿奇博尔德”。那时，他只有二十七岁。

人们有时会用盖尔语叫他“吉利斯伯格”，或许是人们觉得只有叫他“阿奇博尔德”，才显得足够尊重。没有人用更亲昵与熟悉的“阿奇”来称呼他，他也不像那种“阿奇”的样子。随着岁月流逝，寄到周遭四十英里范围内的信只要写着“阿奇博尔德”的名字，他都能收到。后来几年的信大多来自民俗学家，他们说在一九六〇年代“发现了”他，给他制作了各种录音录像资料。他被称为“最后一位真正的老盖尔语歌手”，他的生平被忠实地记录在悉尼、哈利法克斯和渥太华的档案馆里，照片出现在各种学术与非学术的杂志上。照片上，有时候是民俗学家搂着他的腰，有时候是牵着他的马，有时候是站在闪闪发光的皮卡车旁，车的保险杠上贴着用盖尔语写的“盖尔语复兴”标语。有时候，杂志文章的标题是《布雷顿海角歌手：最后的一位》，或者《山巅之上的人》，或者《盖尔语词句记录法》。这样的文章常常会夹杂大量的脚注。

他并不讨厌民俗学家这么做，他会一遍遍地对着他们发音，跟他们解释“bh”的发音是“v”，就像“telephone”[①]一词中的“ph”发音是“f”一样。他会帮他们寻找更古老的意义，还会亲自为某些方言词汇与发音添加注解。他会做得很认真，像修理链锯与堆放柴火一样认真。

刚才我说过，现在是一九八〇年四月，他已经七十八岁了，刚刚又度过了一个冬天。除了妻子的死，他已经没什么看不开的事情了。这些也是几十年间慢慢熬过来的，尽管还会有人对他的独居生活说三道四。

失去妻子和弟弟一年后，弟妹科拉来看他。满身朗姆

---

① 英语：电话。

酒味的科拉进了屋，把一个酒瓶放在餐桌上。

“我一直在想，”她说，“你和我可以住在一起了。”

“嗯。”他竭力想发出毫不在意的声音。

“来。”科拉走向橱柜，取出两个闪闪发亮的玻璃杯，倒上朗姆酒。“瞧，”科拉把酒杯推向他，自己坐在桌子对面，“来吧，喝一点，给你的枪里装点子弹。”科拉停顿了一下：“不过，就我听说，你是用不着的。”

他有些惊讶，不敢想象在夜里科拉和弟弟并排躺在床上时，会怎样谈论他的身体。

听说了什么，他心里想，从谁那里听说的？

“嗯，”科拉说道，“你不用一个人待在山上，我也没必要一个人住在山下。如果你不用你的家伙，它会生锈的。”

他快要惊慌失措了，科拉如此孤独，醉得如此厉害，如此触手可及，但是她却和自己死去的妻子如此不同。他不知道科拉还记不记得，他们曾经多么厌恶彼此，他也想知道，科拉之所以来找他，是不是觉得他和他的双胞胎弟弟是可以相互替换的，就好像只要是双胞胎，身体和头脑就一定一模一样。

“我敢打赌，你的家伙已经锈住了。”科拉说着，身体凑了过来，他能闻到她呼吸间浓烈的朗姆酒味，能感到科拉的手指摸上了他的腿。

“嗯。”他立刻站起身，向窗边走去。他被科拉大胆的挑逗吓住了，如同一位害羞的中年已婚男子，被带到了一家离家很远的妓院，他倒不是不知道这里是干什么的，只是不习惯这里的规矩和方式。

窗外，两只山鹰衔着细树枝飞过山巅，它们要筑巢，有些枝条相当粗大。

“嗯。”他望向窗外，望着一直通到山下面的崎岖山路。

“好吧，”她站起身，喝完了朗姆酒，“这儿没什么好玩的，我进来只是打个招呼。”

“是的，”他答道，“好的，谢谢你。”

科拉跌跌撞撞地走向门口，他不知道该不该为她开门，也不知道这样做会不会太鲁莽。

科拉自己拉开了门。

“喂，”科拉走到院子里，“你知道我住在哪儿。”

“是的，”他答道，科拉离去的背影给了他自信，“我知道你住在哪儿。”

现在，半个世纪后的四月清晨，他望向窗外，山鹰依旧在飞翔。山鹰飞到山谷中，以最短的时间觅食，巢里已经有了四枚珍贵的鹰蛋。他听到卡车发动机的轰鸣，没等车进院子，他就听出了来人是谁，如同当年他的妻子能听得出他独一无二的马铃声。卡车车身溅满了泥点，不全是此次上山途中溅上的，而是从去年秋天便累积下的。开车的是他的外孙女，已经成家，受洗的名字叫萨拉，但她更喜欢别人叫她萨尔。萨尔把卡车拐进院子，车头距离他的屋门不过几英寸，车还没停稳，萨尔便跳下车。虽然已经不再年轻了，萨尔还梳着马尾辫，穿着紧身的牛仔裤，裤脚塞在她丈夫的橡胶靴里。萨尔拿下沾着一圈唇印的香烟，把烟头弹到院子里，进了屋。他总是很惊讶，萨尔怎么可以做到一边吸烟、一边嚼口香糖的。萨尔穿一件紧身的T恤衫，胸前印着“我破产了”。

“你好，阿奇博尔德！”萨尔坐到了离窗户最近的椅子上。

“你好！”他答道。

“你怎么样啊？”

“哦，没什么事，”他答道，停顿了一下后问道，“你想喝点茶吗？”

“好的，”她说道，“别放牛奶，我要保持身材。”

“嗯。”

带着年龄的距离，他看着萨尔，希望能从她身上看到与他妻子甚至自己相似的地方。萨尔长着乌黑的眼睛，微张的嘴唇，个子比他们两个稍矮，她有自己的魅力。

“你有两个电话。”萨尔说道。

“哦。”他没有电话，消息要靠住在山下的人传达，他心中有些愧疚。

“有人想买你的母马，你还想卖吗？”

“想卖。”

“另一个是盖尔语的歌曲演出。有人想让我们在今年夏天到哈利法克斯唱歌。今年是‘世界苏格兰人年’，很多人包括王室成员都会去看。我们会去一个星期，报酬多少还没定，但没关系，他们会承担我们的交通和住宿费。”

“哦，”他既有兴趣，又很谨慎，“你说的我们是谁？”

“我们，我们整个家族的人，他们想让我们去二十个人，排练几天，演唱几天，我们都会上电视。我都等不及了。我想到哈利法克斯购物，还能安心睡觉，没有汤姆来烦我。中午之前，我都不用去剧院、演播室或其他什么地方等着。”萨尔又点上一根烟。

“他们想让我们唱什么呢？”他问道。

“管他唱什么，”萨尔答道，“能去才是最重要的！唱些老歌吧。两三个星期之内，会有人来给我们试唱。我们可以唱盖尔语的《驾船的人》或其他的歌。”说着，萨尔把烟在茶托上掐灭，把口香糖吐在桌上，用清脆有力的声音唱了起来：

我心里只有那个驾船的人，
我心里只有那个驾船的人，
我心里只有那个驾船的人，
你去了哪里，驾船的人？

我爬上最高的山峰，
只为看到那个驾船的人。
你是今晚到来，还是明晚相会，
不能见到你啊，我的心要破碎。

只有萨尔歌唱的时候才会让他想到他的妻子，又一次，他觉得她能够唱得很出色。

“你唱得太快了，”听完后，他小心地提醒了一句，“但还是很好听。这是一首失去爱人的悲歌，你唱得像干活时的号子。”

他自己缓缓唱了起来，强调着音节之间的差别。

萨尔看起来很有兴趣地听了一会，之后她嚼起了口香糖，又点了一根烟，把还燃着的火柴扔进了炉子。

“你知道歌词的意思吗?”他唱完之后问她。

“不知道，”萨尔说道，“也没人知道，我只会发音，我从两岁就开始听这些歌，我又不是聋子，我知道怎么唱。”

“他们还邀请了谁?”他问道，既是出于好奇，也是想换个话题，避免冲突。

“不知道，他们说了之后会来找我们的，要先看看我们愿不愿意去。买马的一会儿就来，我该走了。”

萨尔立刻起身，出了门。她掉转了车头，车轮卷起一波石子，小点儿的打到了他的窗户上，噼啪作响。卡车保险杠上的贴纸上写着“如果你饥渴，请自行解决”。

萨尔让他时不时想到科拉。当年科拉来他家，大胆说出了想法，不到一年，她就和另一个男人结婚了，现在也去世快十五年了。看到自己的外孙女与自己弟弟的妻子如此相像，而不像他的妻子，他心里颇为感慨。

这一次来买母马的人，与以往的买家截然不同。此人开了一辆漂亮的小汽车，穿着一身西服，从说话口音上听不出是哪里人。买主是卡弗陪着一起来的。卡弗住在山的另一边，三十多岁年纪，性格暴躁，原本还算英俊的脸上，满是打架之后留下的道道疤痕。有一次和别人打架，卡弗被链锯打了脸，不仅上唇撕裂，能看到的牙也几乎都掉下来了。卡弗的腰间拴着一根链子，系着他的钱包，脚上穿着一双伐木工人的靴子。他重重踩过门廊外的硬纸板，来到阿奇博尔德的厨房外面。他站在窗边，卷了一根烟。买马的人跟阿奇博尔德谈了起来。

“母马几岁了？”

“五岁。”阿奇博尔德答道。

“有生过马驹吗？”

“当然！”阿奇博尔德被问糊涂了。以往的买马人会问马匹是单独干活还是会跟其他的马合作，性情怎样，健康如何，或是能不能在雪地里干活，吃得够不够干重活的。

“你觉得它还能下马驹吗？”买马的人问道。

“我想没问题，”阿奇博尔德有点生气了，“只要有匹公马就行。”

“没问题了。”买马的人说道。

“可是，”一贯诚实的阿奇博尔德还是说道，“这匹马从没干过活，我近来没去过森林里，以往用的是它母亲，那匹马已经死了。我本来打算训练它干活，但一直没时间，它更像宠物，当然，它能干活，马总是能干活的，我养了一辈子马，心里清楚。”阿奇博尔德停了下来，为自己的马和自己的事道歉，他觉得有点尴尬。

“哦，”买马的人说道，“没问题，总之是它生过一匹马驹了？”

“嘿，”卡弗一边用满是老茧的拇指和食指掐灭了烟头，一边说道，“他已经跟你说过了啊，我说过这个人不会撒谎的。”

“好。”买马的人掏出了支票本。

“你不想先看看马吗？”阿奇博尔德问道。

“不用了，”买马的人说道，“我相信你。”

“他要九百块，”卡弗说道，“这是一匹小母马。”

“成交。”买马人的爽快让阿奇博尔德有点意外。他觉得能卖到七百块就不错了，毕竟小母马从没干过活。

“你帮我用你的车把马拉下山？”买马的人对卡弗说道。

“马上就来！”卡弗答道，两个人便离开了。买马的人小心翼翼地开着车，就像车子从来没有驶下过铺装路面一样，唯恐树林会把他给吞了。

送走来人，阿奇博尔德到谷仓里去看了看小母马。他把马牵到溪水边饮水，然后把它拴在了大门口，自己进屋去找了一些面包，算是给小马的临别加餐。小马身强体壮，毛色极佳，阿奇博尔德心里有点失望，买马的人竟然没有看过，不知道这匹马有多么出色。

午后不久，卡弗驾着卡车进了院子。“你想来点啤酒吗?”他指了指副驾驶位上一个打开的箱子，问阿奇博尔德。

“不用了，”阿奇博尔德答道，“我们先把这件事做好吧！”

“好的，”卡弗答道，“你想自己牵它上去吗?”

“不用了，”阿奇博尔德说道，“它跟谁都能走。”

“好的，”卡弗说道，“也许这样更好。”

两个人到了谷仓。话虽那么说，阿奇博尔德还是不由自主地走向小母马，解开绳子，把马牵到了院子里。午后的阳光下，小母马身上的斑纹闪闪发亮。卡弗把卡车倒在了谷仓边上的一个小斜坡处，放下了后挡板。阿奇博尔德把绳子递给卡弗，目送小母马顺从地跟随卡弗上了卡车。

“这是你养的最后一匹好马了吧?”卡弗系好绳子，跳下车问道。

“是啊，”阿奇博尔德说道，“最后一匹了。”

“我猜你用这些马拖过不少木头，我听人说起过，是从前和你一块儿在林子里干活的老人。”

“哦，是的。”阿奇博尔德答道。

“我听他们说，你们俩兄弟用一把横切锯一天能搞定七科德的木材，拖到一起堆成堆。”

“哦，是的，”阿奇博尔德答道，“有时候是可以的，那时候的一天好像更长一些。”他笑着又添了一句。

“天呐！我们运气好时得用电锯才能办得到，不然就要靠超常发挥了，”卡弗提了提裤子，又卷了一根烟，“他们说你林子里的木头还是跟原来的一样好。”

“是的，”他答道，“的确不错。”

“他们说，‘那个阿奇博尔德，不知道是怎么砍了那么多树，用马拉了出去，却好像什么都没破坏，一年又一年，他的那片山搞得像花园一样。’”

“嗯。”

“跟现在不一样啊？现在是砍倒了就好了。开着重型装备上来，砍倒、吊装一天搞完，谁也不管明天会怎样。”

“是啊，”阿奇博尔德答道，“我也看到了。”

“你不想把林子卖了吗？”卡弗问道。

“不，还不想卖。”

“我是在想……因为你已经把马卖了，马不用干活了，你也不用干活了。”

“哦，马可能会在别的地方干活，”阿奇博尔德答道，“至于我自己，我还没想好。”

“它不用干活，”卡弗说道，“他们买马是为了试验避孕药。”

“什么？”

“买马的人说的，我也不知道是不是真的，是一个蒙特利尔的农场与一家实验室还是什么的有关系，他们会买许多母马，让马不停地怀孕，然后用马的羊水研制避孕药。”

这话听起来着实荒谬，阿奇博尔德不知道该如何回应。他盯着卡弗满是伤疤却又显得单纯的脸，想要找出一点线索，却什么也没找到。

“是的，”卡弗说道，“他们让马不停地怀孕，女人就不用怀孕了。”

“他们把生下来的马驹怎么办呢？”阿奇博尔德想或许可以换一个角度问问。

“我也不知道，”卡弗答道，“他没有说，我想就是扔了吧。我得走了。”卡弗跳进驾驶舱。“我得拉它下山了，买马的家伙应该已经搞到一辆拉马的厢式货车或是卡车了！两天后，它会到蒙特利尔，他们会给它弄来一匹公马，就这样啦！”

卡车轰隆隆地开动了，驶离了谷仓旁的小坡。阿奇博尔德站得很近，不得已要退后几步。卡弗摇下车窗玻璃，喊道：“嘿，阿奇博尔德，你还唱歌吗？”

“不怎么唱了。”

“回头再聊！”卡弗的声音盖过了卡车的发动机声。卡车载着卡弗和小马离开了院子，沿着蜿蜒的盘山公路下山了。

有很长一段时间，阿奇博尔德都不知道该干点儿什么。他觉得自己被一种无法控制的力量背叛了。他的脑海里不停地浮现出一匹又一匹的公马会接连不断地压在他的小母马身上的画面，但是让他最为心悸的画面却是那些死去的小马驹。卡弗说小马驹会被丢掉。阿奇博尔德亲眼见过，无数遭遗弃的动物，头骨被斧子砸碎，尸体丢在谷仓后面的粪堆里。在他的想象之中，小马驹会有一样的命运。他怀疑蒙特利尔那边情况也是这样的，他很想怀疑卡弗说的并不对。他没有办法知道卡弗说的到底对不对，但是这样的意象一直在他脑海里。一到这种时刻，他便想起自己的妻子，想到自己死去的孩子，已经没了呼吸、一动不动的儿子。他想到孩子精巧脆弱的颅骨，上面是细小的蓝色静脉，犹如地图上的道路和河流一般，蜿蜒交错。妻子和孩子都已经离他而去了，被冬天的冰雪带走了。他觉得自己就要哭起来了。

他听到了山鹰振翅飞过的声音。抬头望去，山鹰正在飞向山巅，但气力已经不足了，像是疲倦的上班族走在回家的路上。整个漫长的冬天，他一直在关注着这两只山鹰，看到它们为寻找食物和水而飞得越来越远。他注意到山鹰的羽毛光泽日渐暗淡，绿色眼睛中的目光也失去了以往的锋芒。现在，他不确定是他自己的视力问题，还是观看角度的原因，他看到雌鹰的翅膀末端擦到了光秃秃的树枝，似乎马上就要坠落了。正在此时，前面的雄鹰飞了回来，雄鹰借助气流双翅平展，直抵雌鹰身边。雄鹰近在咫尺，他觉得能看到雄鹰高傲凶狠的眼光之下隐藏的绝望与恐惧。雄鹰专注飞行，没有在意阿奇博尔德。雄鹰接近雌鹰，翅尖几乎碰到一起。雌鹰从雄鹰身上获取了力量，犹如孤注一掷的泳者的最后冲刺，与雄鹰一道跃上了山巅。潮湿的晚春时分，阿奇博尔德担忧雏鹰的未来，或许山鹰也是在为同样的理由而奋力飞行。

其他季节和其他条件下，阿奇博尔德也见过这对山鹰。他亲眼目睹过雄鹰以有力的鹰爪抓起粗壮的树枝，炫耀力量似的直飞云天。他见到过雄鹰可以轻易将树枝一撅两段，如同强壮的男子用膝盖把树枝折断一样。雄鹰会将一对断枝丢向空中，任其掉向地面，然后一坠而下，在树枝落地之前再将其牢牢抓住。他还见过雄鹰会握着树枝，在空中一次次滑行、俯冲甚至翻起跟头，直到累了才放掉利爪中的树枝。

阿奇博尔德也曾目睹过山鹰在空中交配的一幕。他看到山鹰在山巅之上佯装争斗，急转飞驰，身影划过碧蓝的天空。他见过两只鹰鹰爪紧扣，一起侧身旋转，急速下坠数百英尺，直到行将落地才相互分开，各自张开双翼，贴着地面滑翔起来，犹如在最后一刻才打开降落伞的跳伞者。

民俗学家总是对这种白头鹰印象深刻。

“它们在这里生活多久了？”第一个到达的研究小组问道。

“我猜它们一直在这里。”阿奇博尔德答道。

做过调查之后，民俗学家告诉他：“是的，在北佛罗里达的东海岸，布雷顿海角是这些鹰最大的栖居地，也是落基山脉东侧最大的栖居地。有意思的是，竟然没什么人知道它们在这里。”

“哦，有人是知道的。”阿奇博尔德微笑着说道。

“幸亏人们没有在这里的森林使用杀虫剂或除草剂，”

民俗学家说道，“一旦用上，这些鹰就会离开。在新布伦瑞克和缅因州，已经没有多少鹰巢了。”

“嗯。”阿奇博尔德说道。

接下来的日子里，他们开始为哈利法克斯的歌唱做准备。他们已经练习过几次，是在萨尔家。之前萨尔与制片人交流过，像联络人一样，她也最想去。他们召集起一些会唱歌的人，有些人不愿意来。有一两次练习是在阿奇博尔德家里，来唱歌的人数不固定，多的时候有三十多位，包括朋友、姻亲、姻亲的朋友和几个当天晚上实在无事可做的人。每次聚会，阿奇博尔德都想掌握局面，让大家“按照他的方式”练习，就是要吐字清晰，唱段完整，次序正确。有时候，年轻人会走神，练习会迅速涣散，人们开始扎堆聊天，讲笑话，还会不停地往嘴里倒烈酒。阿奇博尔德觉得有些人喝得实在太多了。春天一到，生活的压力上升，许多男人不再伐木，改去钓鱼或在田里干活，排练中的男声也就越来越少。有时候，人们也会拿女多男少的状况开玩笑。

“阿奇博尔德，到了哈利法克斯，就你一个男人，能对付了这么多女人吗？”有人会这样来一句。

“他当然能，”旁边会有人答道，“他都五十多年没用了，一直攒着呢！当然，我们也不知道他有没有偷偷用过。”

一次练习的时候，萨尔有点担心地告诉大家，她和哈利法克斯的制片人联系过，对方称有另外两支本地队伍联系过他，他会让他们也试唱一下。十天之内制片人会来。

大家有些惊讶。

阿奇博尔德问道：“什么样的两支队伍？”

“一支……”萨尔停顿了一刻，想来点戏剧效果，“是卡弗带领的。”

“卡弗！”大家异口同声地叫起来，根本无法相信，接着便是一阵大笑，“卡弗根本不会唱歌，他连盖尔语都不会说，哪能组织一支歌唱队呢！”

“我也不知道，”萨尔说道，“最多就是经常和他一起厮混的家伙们。”

“另一支队伍呢？”阿奇博尔德问道。

“是麦肯齐家！”萨尔答道。

提到麦肯齐家，人们顿时鸦雀无声了。他们是最古老、最优秀的歌唱家族，住在一座偏僻的山谷中，距此二十英里左右。阿奇博尔德知道，过去的十五年间，越来越多麦肯齐家的房子装上了护窗与栏杆，而更久一些的房屋，历经风吹雨打，已经坍塌了。

“他们家凑不齐那么多的人了。”有人说道。

“不是，”另一个人说道，“他们最优秀的歌手都去了多伦多。”

“他们有两个年轻人，唱得很好。”阿奇博尔德说道。他想起几年前的一场演唱会，他见到过两个年轻人，他们站在话筒前唱歌，身体笔直，气息舒缓，吐字清晰，毫无任何差错。

“他们去了卡尔加里，”第三个人说道，“在那里待了一年多了。”

“我接到哈利法克斯的电话以后，跟那边的人聊了会儿，”萨尔说道，“他们说麦肯齐家的祖母打算让他们回来，她想让所有歌手回家。”

阿奇博尔德有些感动，不是为他自己，而是为麦肯齐夫人竟然如此努力。他环顾四周，发现大部分人都不知道麦肯齐夫人是他的表亲，同时也是他们的表亲。阿奇博尔德并不熟悉麦肯齐夫人，俩人不过是点头之交，只偶尔交谈过两三次，但他现在却觉得与这位夫人非常亲近。虽然他暂时也不确定他们之间有怎样的亲属关系，但他会去搞清楚的。他记得这位女士年轻时嫁给了一位姓麦肯齐的男子，一位来自信仰“错误宗教”的家庭的男子。那时候，人们还非常在乎这些，信仰不同的家族之间不相往来，直到信仰“正确宗教”的人逐渐离世，情况才有好转。离开家族的女士从未探望过自己的父母，她父母也没有去看过她。阿奇博尔德觉得有些伤感，他虽然不熟悉麦肯齐夫人，却觉得自己与她更亲近了，甚至超过了屋里这些躁动不安、争执不休的血亲。

“她不可能把他们劝回家，”最后一个人发表了看法，“他们都有各自的工作和职责，不可能为了唱四五首歌就丢下一切，回到这里或去哈利法克斯。”

最后一个人说得没错。在等待制片人到来的十天里，阿奇博尔德不停想象着，麦肯齐夫人如何忙着打电话找人，把消息带到多伦多的每个角落，派人去各个酒馆和旅店，虽然明知不会成功，还要努力去劝说人们回来参加。最后，有四位麦肯齐家的人回来了。两位是年轻男子，因工负伤，现在靠抚恤金度日，一位人到中年的女儿和她丈夫，把假期提前一个星期赶回了家。几位真正出色的年轻人都没能参加。

制片人来了，身后跟着两位男助理，都拿着文件夹。制片人三十多岁，一头卷曲的黑发，很容易激动。制片人戴着一副厚厚的眼镜，身穿一件褐色的T恤衫，胸前印着

“有本领，秀出来！”的字样。他一说话，便会紧张地揉搓自己的右耳垂。

制片人看了三支队伍，阿奇博尔德的队伍排在最后。萨尔笑着说道：“他把最好的留在了最后。”她听上去并不自信。

制片人是晚上来的，他简单解释了目前的状况。如果阿奇博尔德的队伍被选中，他们会在哈利法克斯待六天，最初的一两天先排练，熟悉一下周边环境，接下来的四天，每晚有一场演唱会。届时会有来自全省的各个团队参加表演，电视台和电台会转播，有些王室成员也会亲临现场。

制片人说道：“我真的不懂你们的语言，所以我们只是希望达到效果就好。你们最好准备三首歌，或许我们会删去一到两首。到时候看具体情况。”

阿奇博尔德一家围坐在桌边唱歌，仿佛在脚踏缩绒①，就像是他们的祖辈曾经做的那样。阿奇博尔德坐在桌子的首位，他的歌声高亢清晰，其他人的声音追随着他。制片人和助手在旁边做着记录。

一个半小时之后，制片人打断了他们：“很好，可

---

① 脚踏缩绒（waulking the cloth），苏格兰传统中由妇女聚坐在一起用脚将新编织的毛呢踩到松软的过程，劳作过程中众人一般会唱民歌。

以了。”

“我们选第三首。”制片人对助理说道。

“歌名叫什么?”制片人问阿奇博尔德。

阿奇博尔德说了盖尔语歌名，然后解释说，“意思是‘我心沉重’。”

“好,”制片人说道，“这首再来一遍。”

他们又唱了起来。唱到第十二节时，阿奇博尔德觉得自己已经被歌曲完全抓住了，他几乎忘记了歌曲还有这种力量。他的歌声越发高亢有力，其他人的声音越来越弱，安静了下来。

莽莽群山之巅，
是我爱人的家园；
他的心总也温暖，
我对他情深绵绵。

即便在石墙之后，
我也能听出他的脚步；
今夜我难以入眠，
因为他不在身边。

我的爱不会改变，

如同海底的石岩；

任凭海水激荡，

我的爱持久不变。

歌曲在他的独唱中结束，四周归于安静，气氛甚至有一点儿尴尬。

“好，”制片人打破了沉默，“再试试另一首，第六首，跟其他都不一样的那首，是什么名字？”

“《献给老亚历大山的儿子们》，”阿奇博尔德平复了情绪，“有时候也叫《溺水之人》”。

“好，开始吧！”制片人说道。他们还没有唱完，制片人就打断了他们：“停，好了，可以了。”

“还没完，”阿奇博尔德说道，“这首歌是一个故事歌曲。”

“已经足够了。”制片人说道。

“不能这样打断，”阿奇博尔德解释道，“不然就听不出是什么意思了。”

“瞧，我一个词也没听懂，”制片人说道，“我跟你说过，我不懂你们的语言，我们只是要看看观众的反应。”

阿奇博尔德觉察出自己有点过于生气了，他看到了亲戚们在用眼神和动作向他示意。“小心点，如果得罪了他，我们就去不成了。”他们说道。

“嗯，”阿奇博尔德站起身，走向窗边。天色已暗，星星好像触到了山巅。屋里虽然坐满了人，他依然觉得孤独，他的心里默默哼唱着“我心沉重”的旋律，这支歌刚刚让他心动不已。

莽莽群山之巅，
是我爱人的家园；
他的心总也温暖，
我对他情深绵绵。

即便在石墙之后，
我也能听出他的脚步；
今夜我难以入眠，
因为他不在身边。

我的爱不会改变，

如同海底的石岩；

任凭海水激荡，

我的爱持久不变。

“好了，今晚到此为止吧！”制片人说道，“非常感谢大家，我们保持联系。”

第二天早上九点，制片人开车来到阿奇博尔德的院子。他带着助理，他们收拾好了东西，准备赶往哈利法克斯。助理留在车里，制片人走进阿奇博尔德家的厨房。他不自然地咳了咳，打量四周，好像是在确认屋里只有他们两个人。制片人的举动，让阿奇博尔德觉得他好像是一位紧张的父亲，要准备讨论“生活的真相”了。

“其他队伍怎么样？”阿奇博尔德以并不在意的口吻问道。

“年轻人卡弗的队伍充满力量，”制片人答道，“他们的队伍中有很多男声。”

“嗯，”阿奇博尔德问道，“他们唱了什么歌？”

“我写下了歌名，但我记不得了，已经录下来了，没什么关系。他们不像你们，知道很多歌曲。”制片人说道。

“是的，”阿奇博尔德不想露出讽刺的口气，“我不觉得他们知道很多。”

“其实都不重要，我们只需要两三首歌就好了。”

“嗯。”

“他们队伍的问题在于相貌。”

“相貌？”阿奇博尔德问道，“不应该是唱的歌吗？”

“不是，”制片人答道，“你看，这些表演是让人看的，你们会在舞台上表演四个晚上，多个电视台网都会到场，是一场大型表演，不是地方性演出。节目会在全国甚至全世界播出，节目会被送到苏格兰、澳大利亚还有其他地方。我们希望演出者的相貌没有问题，能更好地代表本地和本省的形象。”

阿奇博尔德没说话。

“你看，”制片人说道，“我们需要在特写镜头里依旧好看的人，而不是镜头拉近就看见他满脸伤疤的家伙。这就是为什么你是很不错的。恕我直言，你在这个年龄段的男人中是很好看的，你高挑挺拔，牙齿健康，这些都能为你的歌唱和相貌加分。你有独特的气场。但是，依然恕我直言，虽然你的队伍有好听的声音，尤其是女声，但要是没了你，他们就太普通了。”制片人接着说道：“当然，还有你的名声。民俗学家什么的都知道你，你能令人信服，这点非常重要。”

阿奇博尔德听到萨尔的卡车开进了院子，也知道在上山的路上，她已经看到了制片人的汽车。

“嗨！”萨尔问道，“有什么新情况？”

“我想你们已经准备好了，但决定权在你外公手中。”制片人说道。

“麦肯齐的队伍怎么样？”阿奇博尔德问道。

“垃圾！一无是处，就一个老太婆摆弄个收音机，另外七八个人跟着唱。简直就是浪费我们时间。我们想听活人唱歌，不是磁带。”

“嗯。”阿奇博尔德答道。

“不管怎样，我们选择了你，但需要一些改变。”

“改变？”

“是的，首先我们必须要剪短歌曲的长度，那也是我昨天晚上希望做的。你们每晚只能在舞台上表演三四分钟，只用两支歌就够了。你原来的歌太长了，也太悲伤了，《我心沉重》《溺水之人》，天呐！想想这些歌名！”

“但是，”阿奇博尔德想尽量理性一些，“这就是它们原本的样子，你需要听它们原来的样子。”

“我得走了，”萨尔说道，“去找个帮忙看孩子的人，再见。”

她离开了，车开得依旧像往常一样尘土飞扬。

“你看，”制片人说道，“我这是一场大型演出，是不是可以从其他队伍中选一些歌。”

“其他队伍？”

“是的，”制片人说道，“比如说卡弗的队伍。不管怎样考虑一下，我一个星期内给你打电话，我们定下来，然后确定其他细节。”说完他也离开了。

接下来的几天，阿奇博尔德认真考虑了起来，他没想到自己竟然会如此认真地考虑这些问题。他考虑到底可以不可裁短歌曲或是改变旋律，他也觉得奇怪，为什么队伍里只有他一个人在考虑这些问题。他对大家说起这些事，但他们似乎并不在意。他们只是兴致勃勃地开列着购物清单，收集住在哈利法克斯却长久没联系的亲戚朋友的电话号码。

一天晚上，在去玩宾果游戏的路上，卡弗遇到了萨尔，他直截了当地告诉她，他们的队伍就要出发了。

“不，不是你们，”她说道，“是我们。”

“等着瞧吧！”卡弗说道，“我们需要这次旅行，我们需要一台船用发动机，我们也想买一辆卡车。你们已经彻底完了。阿奇博尔德太在意了，你们只能依靠他，我们就灵活多了。”

“就好像我们不灵活一样！”萨尔笑着说道。萨尔把遇到卡弗的事告诉了最后一次参加排练的人们，这也是制片人打来电话前的最后一次排练。阿奇博尔德对这次排练并不满意，尽管除了他之外，其他人并不在意。

第二天，阿奇博尔德在山谷里的杂货店碰到了卡弗，忍不住问了他一句：“你给那个制片人唱了什么？”

“《稠稀饭》。”卡弗耸了耸肩，说道。

“《稠稀饭》？”阿奇博尔德惊讶道，“啊？那根本不是歌，只是一串没有意义的音节罢了。”

“那又怎样！”卡弗说道，“他又不懂，也没人懂的。”

“可毕竟是在王室成员面前表演啊！”阿奇博尔德说道，突然发现自己脑里竟然还有保王思想的残留。

“嘿，”卡弗用手背擦了擦嘴，说道，“王室又为我做过些什么？”

“人们当然懂的，”阿奇博尔德劝说的意志却不坚定，“观众里会有人懂的，其他歌手懂的，民俗学家也懂的。”

“嗯，也许吧，”卡弗耸了耸肩，“我又不认识什么民俗学家。”

他盯着阿奇博尔德看了几秒钟，拿起烟草，走出了杂货店。

那天下午，阿奇博尔德心烦意乱。他模模糊糊地知道，亲戚们正在寻找帮忙看孩子的保姆，互相借用行李箱。他们不停地讲话，却没什么内容。阿奇博尔德想着与卡弗的对话，不由得想起了麦肯齐夫人。他非常同情她，觉得她才是最优秀的，她才真是希望为制片人留下最真实的印象。在阿奇博尔德的想象之中，麦肯齐在黄昏的暮光之中，为制片人放着已故家人的唱歌录音，但来人根本听不懂他们的语言，画面不停出现在阿奇博尔德的脑海里。阿奇博尔德还想到，麦肯齐夫人此刻一定会静静坐在家里，一边做着针线活，一边听着早已离世的家人的录音。

那晚，阿奇博尔德做了一个梦。自从妻子离世后，他经常能梦见她。早些年，他会去妻子的墓前坐坐，讲讲他们过去的愿望和期许。有时候到了晚上，妻子会来梦里跟他“对话”，他们能互相交谈，彼此触碰，有时候还会一起唱歌。但是今晚的梦里，妻子只是在唱歌，她的歌声明亮动人，听得阿奇博尔德毛发竖立，热泪盈眶。每一个音符都那么完美，就好像嫩绿树叶上摇摇欲滴的水滴，又像鹰击长空划过的完美弧线。她唱到凌晨四点，直到清晨第一束阳光洒向山顶，她才离去。

阿奇博尔德醒来的时候轻松无比，心旷神怡。自从妻子走后，他已经很多年没有这种感觉了。他下定决心，不再去想这些事情了。

九点左右，萨尔的卡车开进了他的院子。“制片人来电话了，”萨尔说道，“我跟他说了我会转告你，但他想亲自跟你说。”

“好。”阿奇博尔德说道。

在萨尔家的厨房里，电话听筒吊在螺旋状的黑色电线上。

“你好！我是阿奇博尔德，”他手里紧握电话，说道，“我觉得我不能把歌曲裁短到三分钟，唱快了也不行。不行，我觉得不行，我已经考虑过了。是的，我也和家里其他会唱歌的人说过了。不，我不太清楚卡弗的事情，你自己找他谈吧！再见！”

他能感到失落和烦躁充满了整间房子，就像墨水迅速渗透纸张一样。他听到隔壁房间一个年轻的声音说道：“他只要把那几首老掉牙的歌缩短一下就行了，你还以为那个老顽固会为了我们这样做呢！”

“对不起，”阿奇博尔德对萨尔说道，“我做不到。”

“你要我开车送你回去吗?”萨尔问道。

“不用了,”阿奇博尔德答道,“没关系,我能走回去。”

他朝山上走去,觉得自己目标明确,浑身充满了力气,好像年轻了不少。他觉得自己是对的,这种对的感觉,就像是许多年前他刚刚认识自己未来的新娘,尽管人们都把房子建在山下,他们还是决定住在山顶上一样。他觉得自己又感受到了曾经有过的美好生活,那段热烈而短暂的日子。他几乎要跑起来了。

接下来的几天,阿奇博尔德很平静。有一天,萨尔来了,她说看到卡弗的口鼻下与两腮边蓄起了胡子。

“他们对卡弗说,蓄起来的胡子能遮住嘴巴与脸上的伤疤,不会在电视上被看出来,”萨尔颇为不屑地说道,“化妆还真是能制造奇迹!”

一天晚上,外面下着雨,阿奇博尔德看完了国际、国内和当地新闻,从窗户向外望去。在山谷间的公路上,亮着大灯的汽车正在来回奔驰,人们各有各的目的地,没人会知道阿奇博尔德的存在。然后,他注意到了一对车灯和其他车灯完全不同,正沿着山谷向上攀爬,尽管离他还有几英里远,但目标明确。那一瞬间,阿奇博尔德的常识和直觉告诉他:“这辆车要来这儿了,是来找我的。”

起先，他有点慌乱。他知道自己的决定会惹怒家里的一些人、一些姻亲，还有以各种名目和关系联系在一起的人，他有一些也搞不清楚。他知道下雨天人们不会这么晚到林子里来，他们可能在酒馆里谈论到他，对他的决定不满。他看着那辆车驶离了铺装路面，冒着雨、沿着蜿蜒泥泞的山路开了上来。

阿奇博尔德不是个喜欢暴力的男人，但他也不对自己的住所或独居的安全抱有幻想。“那个阿奇博尔德可不是个笨蛋。”人们是这样说的。他一边想起这些话，一边度量与墙边的一根长拨火棍之间的距离。结婚后不久，他请伐木营地的铁匠打造了这根纯钢的拨火棍。拨火棍很沉，他常年累月地用它捅火炉里的热炭，棍子顶端磨得又光亮又锋利。他拿起拨火棍，在手里挥舞几下，感觉分量跟一把古代的长剑不相上下。他轻松地将木桌搬起，放到厨房中央，一个桌角对着门，他希望这种改变不会太引人注意。

“要是他们从正门进来，”他说道，“我就站在桌子后面，在五步之内就能拿到拨火棍。”他又练习了一遍，确保万无一失。接着，他把左手伸到双腿之间，整理了一下裤子，捋了捋背带，让裤子保持笔直。他回到窗边，望向那辆汽车。

近来的雨水冲刷掉了几段土路，还有一些路段被上涨的山洪和溪流截断了。雨水不时会把沙石和表层土冲刷下来，这时候，人开车时不能在水流湍急的地方加速，以免陷在泥水里，正确的做法是在相对平缓的上坡路段加大油门，利用惯性冲过水流。

阿奇博尔德观察着车的行进。有时候，因为观察的角度或树丛遮挡，车的前大灯会消失在视野里，但只是暂时的。随着汽车摇摇晃晃、进进退退地向山上开，湿漉漉的树枝会打在前大灯上，也会被大灯照亮轮廓。阿奇博尔德开始在头脑中再现黑暗潮湿的山路，也会在车经过条条水沟的时刻，想象司机可能的各种反应。随着汽车逐渐攀向山的高处，他开始有些欣赏这位司机了。无论是谁，尽管醉得厉害，开车还是一把好手。

车拐了弯，逐渐逼近阿奇博尔德家的院子，速度似乎一点都没有减慢，前大灯直射他的房子，灯光透过了窗户。阿奇博尔德从桌后挪挪身子，挺起高大的身体，做好了准备。车门关上的声音还没消失，厨房门就被打开了，卡弗摇摇晃晃地站在门口。灯光下，卡弗眨着眼睛，一道道雨水打在背上，滴落在他刚刚蓄起的胡子上。

“喂！”他扭过头说道，“他在的，拿进来吧！”

阿奇博尔德没有动，他的眼睛盯着卡弗，也悄悄瞥了一眼旁边的拨火棍。

走进门廊的一共五个人，都扛着箱子。

“把箱子放地上，”卡弗指着门槛处的一块空地说道，“别把他的地板弄脏了。”

阿奇博尔德知道他没事了，从桌子后面走了出来。

“把箱子打开。”卡弗对一个人说道，箱子里都是四十盎司一瓶的烈酒，多得好像要办婚礼一样。

“送给你，”卡弗说道，“两小时前，我们从一家卖私酒的店里买的。我们在外面跑了一整天，去了格莱斯贝和新沃特福德，还在布拉多尔的酒馆停车场跟人打了一架，我们中有几个伤得不轻。没事，没什么好说的了。”

阿奇博尔德看着站在门口的几位年轻人。即便卡弗不说，他也能看出来他们经历了怎样的一天。即使现在，其中一个高个子年轻人还摇摇晃晃地站不稳，看起来在门口就能站着睡着一样。卡弗的太阳穴上有一道新疤，胡子是盖不住的。阿奇博尔德看着烈酒，被这些并不恰当的礼物感动了，他们居然把这么多的烈酒，送给一个住在山上极少喝酒的人。不知为什么，他更感动了，他知道要搞到这么多的酒可不容易。

阿奇博尔德嫉妒这些年轻人的亲密无间，年轻人的勇敢大胆，还有像那个制片人说过的，年轻人的无尽活力。在他的想象之中，就是类似这样胆大妄为、无所顾忌的年轻人，曾经于纷繁复杂、波澜壮阔的历史中做过能想到的一切。现在，年轻人又要挥舞手中的双刃阔刀，唱起无人理解的战斗号子，为来自历史中的王室成员表演了。是这样吗？阿奇博尔德不敢肯定。他对几位年轻人笑了笑，点头致敬。他不知道自己该说什么。

“听我说，”卡弗的语气与他刚才的行动一样镇定，“听我说，阿奇博尔德，我们知道，我们知道，我们真的知道。”

当鸟儿带来太阳

（1985 年）

海边上曾住着一户人家，有苏格兰高地人的姓氏。男主人养了一条狗，他非常喜欢。那是一条母狗，一条灰色的猎鹿犬，体格庞大，像来自另一个时代的动物。狗喜欢站起来舔他的脸，前爪一搭到他的肩上，力量之大，能把他推倒在地，他要踉跄两三步，才能站稳。他可是个身高超过六英尺、体重一百八十磅、绝非瘦小的人。

狗是小时候被人丢在他家门口的。小狗被装在一只手工做的盒子里，没人知道是从哪里来的，也不知道狗竟然会长得这么大。还是一只小狗的时候，它曾被一辆从海边运送褐藻当肥料的马车轧过。那时候是十月，下了好几个星期的雨，土地松软，马车的钢轮子碾过小狗的身体，把小狗轧进土中，轧断了好几根肋骨。男人把小狗抱到胸口，小狗不停地哀号，泥土里有小狗身体的轮廓，清晰可辨。他的手指摸过小狗断裂的骨头，丝毫不顾粘到衬衣上的血污与尿液。小狗鼓着眼睛，前腿挣扎，舌头绝望地舔动，男人安慰着小狗。

他的家人更实际，他们见过这种情况，他们想让他要么用粗壮的双手扭断小狗的脖子，要么抓住小狗后腿，把狗头甩向石头，以便早点结束小狗悲惨的境况。但是，他没有那么做。

他做了一只小盒子，四边用剪过羊毛之后剩下的碎毛料围起来，还垫上自己的一件旧衬衣，磨破了的衬衣。他把小狗放到盒子里，把盒子放到火炉后面，用小碟子热了些牛奶，又在牛奶中放了点糖。他用左手分开小狗颤抖的小嘴，用右手把甜牛奶喂到小狗嘴里，全然不在意小狗如尖针般锋利的小牙齿。从秋天所剩无几的那些天直到初冬，小狗都躺在盒子里，用大大的褐色眼睛看着周围。

尽管有的家人会抱怨盒子的气味，会抱怨他为了照顾小狗花了太多时间，但他们还是渐渐适应了小狗的存在。一个又一个星期过去了，小狗的肋骨差不多长起来了。因为年纪小，小狗逐渐恢复了。很明显，小狗会长成一条体格庞大的大狗，一个接一个的盒子已经装不下小狗了，而狗的前爪上灰色的毛也日益浓密。到了春天，小狗总是在外面，跟着男人四处跑。接下来的几个月，小狗再回到屋子里，体形已经太大了，再也无法钻进火炉后面曾经的领地，不得不躺在火炉旁。家人没有给小狗起名字，而是用盖尔语称它为“大灰狗”。

到它第一次发情的时候，大灰狗的体型已经非常庞大了，尽管留下的痕迹和气味引来了许多热切的追求者，但那些公狗都太小，骑不到大灰狗身上。公狗的失望与大灰狗无法满足的欲求，让男主人无法忍受。按照故事里讲的，他带着大灰狗去了另外一个地方，他知道那里有一条大狗，虽然没有大灰狗大，但依然算得上一条大狗，他把那条大狗带回了家。到了合适的时间，他把大灰狗和那条大狗带到海边，他知道那里的岩石上有一处空洞，只在退潮时露出来。他带了些麻布，让公狗能站稳，他把大灰狗牵到岩石的中空处，跪在它身下，用左胳膊抱住它的脖子，稳住大灰狗，帮助公狗爬上去，用手引导着公狗充血的阴茎。他原本就常常帮助动物交配，引导公羊、公牛和公马。他巨大而温和的双手常常带着动物精液的浓烈气味。

接下来的那个冬天特别寒冷，海面上结了冰，时常到来的狂风与暴雪隐没了近岸的岛屿，人们只能待在家中的炉火旁，缝补衣服，修补渔网和马具，等待季节的变化。大灰狗体形更加庞大了，炉火旁和桌子下都容不下它的身体。一天早上，看上去春天就要来了，大灰狗不见了。

男人等待着，他的家人虽然嘴上不愿意承认，其实也一直在关心这件事，也在等待着，但是大灰狗没有回来。随着春天的热切逐渐消退，家人们开始整理土地、渔具，还有其他需要关注的事情。接着便是夏天、秋天、冬天和另一个春天，男人也迎来妻子生下的第十二个孩子。接着，又一个夏天到了。

那年夏天，男人和他两个十来岁的孩子，去海边离岸两英里的地方拉网捕鱼。起了风，海水阴沉下来，他们担心无法赶回岸边，便把船停靠在了近海的一个小岛上，想暂时躲一下，等风暴过去再回家。船头刚刚驶上岸边的砂石滩，便听到头顶有响声，抬头看去，正是大灰狗的剪影，站在小岛最高处的小山上。

“亲爱的大灰狗！”男人开心地用盖尔语叫了一声。他一边喊一边跳入齐腰深的海水中，奋力在光滑的砂石上前行，费力向岸边和大灰狗走去。与此同时，大灰狗也急速向他奔来，脚掌下翻起颗颗碎石。他从海水中伸出脚，大灰狗如以往一样，后腿直立，巨大的前爪搭在了他的肩头，急切地吐着舌头。

大灰狗的重量、速度与惯性，加上男人是站在略带坡度的海岸上，脚下还是海水不断冲刷的碎石，导致他无法站稳。他踉踉跄跄后退了几步，跌倒了。那一刻，按照故事里讲的，山脊上突然出现了六条体形巨大的灰狗，急速向砾石密布的海滩奔来。六条狗从未见过他，却看到他倒在了它们母亲的巨爪下。如同军队常会误解将军的意图，它们也全然误会了这一幕的意义。

它们愤怒地撕咬他，咬住他的脸，把他的下巴撕裂，撕扯他的喉咙，不知是出于嗜血、责任感还是仅仅饥饿已久。大灰狗转向它们，撕咬它们，冲它们嚎叫，为它们的无知疯狂，愤怒地要把沾满血污的六条狗赶走。它们一道跑回了刚才现身的山脊处，不见了踪影，只能听到远处的嚎叫声。这一切不过一两分钟。

还在小船里的两个儿子目睹了这一切。他们哭泣着，踩着海水奔向躺倒在血泊之中的父亲。他们抓住他温暖的手，沾满鲜血的手，却什么也做不了。他的眼睛还有生气，却不能说话，他的脸颊和喉咙已经被狗撕裂。两个儿子什么也做不了，只能紧紧拥住父亲，也被父亲紧紧拥住。父亲的眼光暗淡下来，手指渐渐松开了。风暴加剧，他们没法回家，不得不挤在父亲的尸体旁，在岛上过夜。他们不敢把尸体带回摇晃的船上，因为他太重了，他们担心会把他所剩无几的身体掉在海里。他们也担心，拖着尸体穿行过砂石滩的时候，那些狗还会回来。但是，那些狗并没有回来，也听不到它们的任何声音，只有风的呜咽和海水冲刷岩石的声音。

早上，两个孩子争执起来，到底是该把父亲的尸体带回去，还是先放在这里，回家请那些更年长、更明智的人来处理。他们不敢让尸体就这样放着，觉得应该先用石头把尸体保护和覆盖起来，然后再回去。他们又争执起来，不知道是否应该让一个人先坐着小船回去，另一个留在岛上等待。但是两个孩子都害怕独自留在岛上。最终俩人决定，把尸体拖拽到上下起伏的小船中一起回去。他们让尸体的脸朝下，用衣服盖上，穿过依然波涛起伏的大海。那些在海岸边等候的人，看不到小船内的巨大身躯，他们有的跳入海中，有的划动小艇，他们赶过来，努力想听到从波涛起伏的浪尖上传来的噩耗。

再没有人看到过大灰狗和它的六个孩子了。或者我应该说，再没有人看到过它们以这样的方式出现了。几个星期之后，一群人驾船绕岛行驶，小心翼翼地探查，什么也没看到。他们一次次地去，但什么也没发现。一年之后，人们胆子更大了，他们在岸边停下小艇，小心翼翼地登上岛屿，搜寻岛上的小洞穴，搜寻被风剥去了树干的树洞，心想即便找不到狗，也应该能找到一些白骨。但是，他们还是一无所获。

在接下来的几年中，据说还是会时不时地看到大灰狗，有时是在一座小山上，有时是在另一座小山的山脊上，有时是在清晨或暮色中，有时人们会看到它大步穿过峡谷。大灰狗总是在人们并不熟悉的地方出现。没过多久，大灰狗就变成了类似尼斯湖水怪或是北美野人的存在，只不过传说与影响的范围要小得多。人们只是看到大灰狗，但从来没有拍到过它的照片，更别提抓到它了。

大灰狗不知所踪的神秘与它到底来自何处的传闻交织在一起。曾经装过它的手工盒子，也引发了越来越多的猜测，盒子是怎么回事，是谁丢下的？人们去找那个盒子，但是怎么也找不到了。人们觉得，它可能就是男人的神秘敌人，借机给他下的魔咒。但是，没有人能再多猜测一点了。他如何耐心照顾大灰狗的故事，被一遍遍地讲述，没有人会听不出其中的反讽意味。

看来人们真正能够知道的是，大灰狗曾经穿过冬天的冰面去生下狗崽，却没法回来了。没人记得自己曾经看到过大灰狗游泳，而且至少在小狗还幼小的时候，大灰狗是没法带着狗崽游泳的。

那个体形高大、内心温暖、手上总是带有浓烈动物精液气味的男人，是我的曾曾曾祖父。有人会说，他之所以会死，是因为太善于给动物育种了，或是他太操心动物的欲望与健康了。而对于他那个春天出生的孩子，也就是我的曾曾祖父而言，他已经不在了。但是对于那两个曾经目睹他如何倒在大灰狗爪下的孩子，他却在他们的记忆之中挥之不去。小船上年纪较小的那个男孩，总是受到那可怕的一幕的困扰和折磨，他会在半夜突然惊醒，哭喊着说看到了“死神大灰狗”。他的尖叫声响彻全家，钻进每个人的耳朵和头脑里，让他们不断想起自己失去的亲人。一天早晨，在夜里又看到“死神大灰狗”的鲜活显现之后，他从浸透了汗水的被单下爬出，爬上了面对岛屿的悬崖，面对父亲曾经丧命于此的岛屿，他用一把渔刀割开了自己的喉咙，掉入海中。

小船中的另一个兄弟活到了四十岁。为了寻找答案，他总是喝太多的酒，酒精成了他的麻醉剂。按照故事里讲的，一天晚上，在格拉斯哥半明半暗的酒吧里，他看到一个体形高大的灰发男子，靠墙坐在他身旁，对他说了些什么。传说他看到了“死神大灰狗”，或是说出了那条狗的名字。也有传闻说对方也喝了酒，听到了他的话，觉得自己被人骂成了狗，便起身和他扭打在一起。他们撕扯着来到酒吧背街，令人难以置信的是，背街外的小巷子里，正巧有六个身材高大的灰头发的男子。他们把他打倒在鹅卵石铺就的地面上，把他的头一次次地撞在石头上。他们逃离了现场，他面朝天空，满头血污，断了气。家人说，死神大灰狗再一次来临了，他们想把故事串在一起。

就这样，死神大灰狗进入了我们的生活。很明显，所有这些事都发生在很久很久以前。伴随着一代又一代人，幽灵留了下来，成了我们的幽灵。它不像是古老的家族橱柜之中突然显现的一副骷髅，而更像是一种遗传的可能。在每一代人的死亡之中，总能看到大灰狗的影子，比如死于难产的女人，比如奔赴战场、身经百战却没能回来的士兵，比如决斗或为了危险的爱情而死的人，比如那些回复了神秘的午夜信息的人，还有那些在高速公路上突然拐弯、只是为了躲避或真或假的大灰狗，却最终死在一堆扭曲变形的钢铁之中的人。还有一个职业运动员，除了跟他职业有关的仪式化的迷信之外，也笃信大灰狗的存在。我的曾曾曾祖父的许多后代，都像白血病患者一样，担心身体深处有某种自己不想要的东西。还有一些人尽管会开玩笑，但也会像其他家庭成员一样，患上和前几代人一样的癌症，或是在人到中年之后得上糖尿病。那些话不多的人，会悄悄告诉自己："还没轮到我，暂时还没有。"

我想着这些事。此时正是多伦多的十月，天下着雨。身着白衣、和蔼可亲的护士，自信地轻声进出我父亲的病房。父亲的头和肩膀垫高了，半躺半坐地睡在白色的病床上。他的白发铺在枕头上，他的呼吸声很轻，有时不太平缓，总是很难确定。

我和另外五个灰头发的兄弟轮流照顾父亲。我们握起他沉重的手，看看他的反应，既希望他能对我们说些什么，又担心会累着他。他睁着眼睛的时候，我们很想从他的眼里读出他的生活和我们的生活。父亲跟我们生活了很长一段时间，我们已经人近中年。与很多年前在小船里的那对兄弟不同，我们的父亲没有在我们年轻时就被死神带走。与他们最小的兄弟，也就是我们的曾曾祖父不同，在我们的世界之中，总有父亲的照顾。我们一直都非常幸运，能够有这个高大温和的男人活在我们的生命中。

这所医院里没有人提到死神大灰狗。我母亲是十年前离世的，她走得很安静，犹如一个成年的孩子清晨走进或离开父母的房间一般安静。即便这样，在她离世前，她也曾告诉我们“你很难揣着明白装糊涂”。

即便是并不相信这些说法的人，也会因为紧张而泄露内心的秘密。比如我的大哥，他从蒙特利尔开车过来，他说道：“无论在蒙特利尔，还是在多伦多，我都要刻意躲着灰狗大巴。”抵达的那刻，他又笑着补上一句“以防万一”。

大哥不知道父亲病得有多重，之后便再也笑不出来了。我看到他转动手指上的钻戒，我知道他是在祈求，希望别听到那个熟悉的盖尔语词汇，那个他再熟悉不过的盖尔语词汇。大哥有一次说过，有些住在蒙特利尔的人，可以装作听不懂“另一种”语言，而他却没有这样的福气。你很难揣着明白装糊涂。

我们坐在这里，轮流握着这个给予我们生命的人的手。我们替他担心，也替我们自己担心。我们担心他或许会看到什么，我们担心听到他因为看到而说出那个词。我们知道，这件事可能会和医生所说的生存意志混为一谈。我们知道，有些信仰在别人嘴里会被嗤之为垃圾。我们知道，总有些人相信地球是平的，太阳是鸟儿衔来的。

面对我们自身那独特的死亡，我们不希望看到、也不希望别人看到生命终结的迹象。像其他人的儿子一样，我们不愿听到父亲用自己的声音召唤自己的死亡。

我们可以闭起眼睛、堵上耳朵，但是，这样的行为没有任何意义。如果真是听到了爪子的摸索声和挠门声，即便害怕，我们也要睁大眼睛。

幻　象

（1986 年）

我不记得第一次听到这个故事是在什么时候了，但自从第一次听到这个故事，我便记住了它。我的意思是说，我第一次听到这个故事，就有了印象，印象无论深浅，都变成我自己的了。就像任何一个好故事会起到的效果一样，我知道这个故事不会离开我、我也不会忘记它了。就像你不小心被刀子割伤了手，想赶紧把汩汩流出的血止住，你也知道伤口不会真正地永远愈合，你的手再也不会和以往完全一样了。你可以想象，伤口部分的颜色和组织，怎么都不会和其他部分的皮肤相同。你一边止血，一边想把切开的创口捏合到一起，伤口处的血像是新近发现的一条小河，你想要是能把堤岸捏在一起，水流便会重新流入地下。其实你知道，伤口总会露在外面，而记忆总会留在皮肤下的深处。

那天是龙虾季的最后一天，我们驾的小船离岸只有一英里，准备返航。新布伦维克的卡车已经等在码头上，等着买我们捕的龙虾。天气晴朗，阳光照射在卡车的镀铬装饰、保险杠和车顶上闪闪发光。那是六月的最后一天，中午刚过。那年我十七岁。

父亲心情很好，龙虾季过去了，我们收获不错，捕捞到的龙虾几乎都完好无损地带回来了，我们也不用急急忙忙赶路了。

海面风平浪静，时不时有微风拂过，吹过我们的背。不用赶着驶回码头，我们关了渔船发动机，反正只有最后一段路了。我坐在船尾，整理刚从海底拉上来的龙虾网箱。有些龙虾网箱上泛着海盐的白色，有些挂着海草的叶子。我脚边的木板箱里，蓝绿斑纹的龙虾静静地翻爬，拍打尾巴。龙虾从同伴身上爬过，虾壳与螯爪相互碰撞，发出那种独特的干湿混杂的声音。最大的一对螯爪已被橡皮筋牢牢捆缚，以防它们自相残杀，减损了身价。

“把龙虾装进麻袋，给我们自己留点儿。”父亲转过右肩，对我说道。父亲站在我前面，面朝大陆，正在向船的一侧小便。尿水流入海中，融进缓慢行进的小船推起的水波中。

“把装好的龙虾放在后面，”父亲说，“放在饵料桶后面，用雨衣盖上。他们什么都要买，看不到就不费心了。留几只给市场上的，别只抓给罐头厂的。”

我抓起一只麻袋，从木板箱中抓取龙虾。我会从龙虾背面的硬壳处或是龙虾尾下手，小心不让龙虾钳住手指，即便龙虾的大螯被捆，还是很有威胁。

“你想要多少只？”我问道。

“哦，”父亲转过身，一只手摸摸裤子前襟，确认拉链已经拉好，笑着说道，“你想要多少都行，你决定吧！”

我们不常把龙虾带回家，龙虾很贵，可以换钱。买家的热情极高，像疯了一样。我从龙虾箱里抓虾，买家可能就在码头上用望远镜瞧着，看看有没有藏下的。父亲站在我身前，面朝陆地，身体挡住我。小船按照既定线路行驶，船头划开蓝绿色的海面，翻出白色的浪花。

很早以前，龙虾没有这么值钱，也许那时还没有全球市场，也许是市场距离太遥远。那时候，人们想吃多少龙虾就吃多少龙虾，甚至还拿龙虾埋在地里当肥料。吃龙虾的人没觉得龙虾有多宝贵。曾经有一个故事，说是学校里的穷孩子是很容易认出来的，因为他们的三明治里总夹着龙虾，家境好的人家，会给孩子吃大个的香肠。

新英格兰的市场发展起来之后，一切都不一样了。在交通不便、冷藏不易的年代，沿着海岸线建起了多个龙虾罐装厂。从五月一直到七月，戴白帽、穿白色工作服的姑娘们，会把龙虾肉装进锃亮的罐头中，然后用蒸汽封口。驾单桅帆船的男人，会把捕获的龙虾送到探进海中起伏不定的浮动码头上。

我的祖母曾经和其他年轻姑娘一道在罐头厂工作，她负责从虾尾处挑出黑色的虾筋，然后把虾尾卷起，装入罐中。在家里，人们是把黑色的虾筋和虾肉一起吃掉的，但工厂的监工说这样不好看。我祖父曾经和其他年轻男子一道站在起伏的小船上，歪戴着帽子，对着站在头顶码头上的姑娘们说俏皮话，唱盖尔语的歌。当然这些都是很久以前的事情了，我只是想重现一下那时的情景。

就在记忆中的那一天，大海波浪不惊，我把龙虾装进麻袋想要藏到饵料桶后面，再用船尾的雨衣盖上。我拿饵料桶舀起海水，浇在麻袋上，确保里面的龙虾还活着。龙虾在湿透了的麻袋中蠕动的样子，让我想起被装进麻袋拿去淹死的小猫。你能看到麻袋在动，却看不到里面的活物。

父亲舀完最后一桶水直起身子，把滴着水的桶小心地递给我。父亲左手扶住船舷，坐在舱里的横梁上，面朝北边。我又给龙虾身上浇上一桶水，把麻袋拖到了饵料桶后面。桶里还有些用不上的饵料，我便丢入了海中。蓝灰色的鲭鱼鱼片翻滚着沉入海中。前天，我们刚从这片海域捕捉到鲭鱼。我们用渔网来捕春天的鲭鱼，因为此时的鲭鱼看不见东西，还不会去咬挂了饵的鱼钩。但到了秋天，鲭鱼游回来的时候，眼睛上的鳞片已经掉了，便会不顾一切地冲向眼前丢下的任何东西，即便是绞碎后拌了盐的鲭鱼肉也行。鲭鱼喜欢顶着风游行，如果风从陆地吹来，鲭鱼会游向岸边，会游到等候的渔网中。如果风是从海上吹向陆地，鲭鱼会游向大海深处，我们甚至好几年都捕不到一条。

我把空饵料桶放在龙虾麻袋前面，又扣上了一个空笼箱来遮住视线，然后用雨衣盖在上面。

在我们前方的码头上，停着等待龙虾的卡车。码头北面，是数英里长的沙滩，沙滩中间有条小河，像一条游移不定的分界线，两边分别是我家和邻居麦卡拉斯特家的捕鱼区。我们两家的传统是，我们家捕小河右边的鱼，他们家捕左边的鱼，若干年来，小河的入海口也没有改变过。但近几年来，因为暴风雨、潮汐和沙子的堆积，小河的入海口已经不再像原来一样清晰，也不能再当成界线了。冬天的暴风雪之后，影响尤其巨大，有好几个春天，小河的入海口或者向南或者向北，会偏离原来的河口一英里。因为界线不明确，我们两家的关系也紧张起来，我们会常常互相指责。河流改道对我们有利的时候，我们就会拿眼下的河道当证据；情况于我们不利的时候，我们就会拿出早先的河道走向来说事，无论是真实的，还是想象中的。

此时，麦卡拉斯特家的渔船驶在我们前面，我冲肯尼思·麦卡拉斯特挥了挥手，他和我同岁，也向我挥了挥手。两家关系紧张，我们的友谊也受到了影响，不冷不热。船上的另外两个人，没有理会我们。

早先的时候，我和肯尼思还是好朋友，差不多上六年级的时候，春天的放学路上，他给我讲了一个故事。他说他的祖母是一个苏格兰人的后裔，那个苏格兰人拥有一种“达哈鲁”，即看到幻象的能力。他通过一块白色魔法石上的洞，能看到远处正在发生的事，或是未来将要发生的事，而他看到的几乎都是真的。那个人不是姓芒罗，就是姓麦肯奇，名字叫肯尼思。他用来看白色魔法石的那只眼睛，在一般人看来完全是瞎的。一位贵族很喜欢他，雇他干活，但贵族的夫人却不喜欢他，他也不喜欢这位夫人。有一次，贵族去了巴黎，家里的庄园办了盛大的聚会。有一种说法是，能看到幻象的预言家很不明智地说了一些话，批评了在场孩子们的父母；另一种说法是，贵族夫人故意挑衅，问他能否看到她丈夫正在巴黎做什么，但他拒绝了。无论怎样，贵族夫人一定要他看一看。他把魔法石举到眼前，告诉她，你丈夫正在巴黎和几位女士寻欢作乐，根本就没把你放在心上。贵族夫人又羞又恼，命人将他丢进沥青桶中烧死，而沥青桶内早已插满了尖桩。有一种说法是，酷刑立刻便执行了；另一种说法是，听到了消息的贵族快马加鞭地赶回来，想命令停止行刑，救出自己的朋友，但胯下的马却累死了。贵族丢下死马，一路跑到刑场上，却到得太晚了。

预言家死前，奋力把魔法石丢进了湖里，还告诉贵族夫人，她的家族终将灭亡。预言家还说，一旦有一位又聋又哑的父亲活过了他的四个儿子，他们家所有的土地都会被陌生人占据。几代人之后，果然有了一位又聋又哑的父亲，人是极好的，也熟知预言家的临终遗言，但他只能眼睁睁地看着四个儿子先他而去，毫无办法。

那时候的我觉得这个故事棒极了，肯尼思捡起一块路旁的白石头，放在一只眼睛上，看看自己能否成为“预言家”。

“我觉得我其实不想当预言家，”肯尼思笑着说道，“我可不想当瞎子。”他丢了石头。那时候，肯尼思想加入空军，他想驾驶飞机，直飞太阳，他还想飞越山巅，飞过大海。

我们走到他家门口的时候，还在议论这个故事，他的妈妈警告我们，说不要笑话这种事。她找来了一首沃尔特·司各特爵士的诗，冲我们大声读起来。我们并不太在意，但我注意到诗里提到了老父亲和他的四个儿子：

膝下幼子，在光明与爱中成长
哪位父亲不期盼，哪位朋友不称赞？
其间的悲哀能向谁倾诉？
青春年华，却在命运的承诺前殒没！

现在，就像我刚才说的，麦卡拉斯特家的渔船是在我们家的前面，满载最终的收获，船尾和防波板上堆着高高的虾笼。我们不想和他们家人在码头上聊天，其他船也赶在了我们前面，会在我们前头卸货，把虾笼堆在码头上，我们还得等一会儿才能找到泊位靠岸。父亲关掉了船上的发动机，没必要着急了。

“你看到那边的卡那海角了吗？”他手指着北方问道，

“你能看到卡那海角的尖角吗？”

“是，”我答道，“我能看到，就在那儿。”

看到卡那海角的尖角没什么特别的，除了雾天、雨雪天，其他时间都能看得到。海角距离我们的渔船二十英里，天气不好的日子里，蓝色的海角伸入海中，就像巨人的大脚一样。像今天这样阳光晴好的日子，海角闪烁出绿色的光，过去的农庄开垦出的土地清晰可辨，上面是茂密的树林，有杉树和深绿色的桦树。时不时地还能看到白色的房子，还有历经风吹雨打的灰色谷仓。卡那海角是以苏格兰赫布里底的卡那岛命名的，即“绿色的海岛”，卡那海角上最早的居民都是那里来的。我祖母也出生在卡那岛，也就是很早以前穿着白色工作服在龙虾厂工作的那个姑娘。

“当年也是在这个时候，”父亲说道，“我和你的安格斯叔叔两个人，去卡那海角看望我们的外婆。我们两个当时十一岁，跟父母亲求了好几个星期，想让他们同意我们自己去。他们不愿意答应，只是说‘再等等看’或‘看情况再说’。我们想趁着渔船在捕鱼季末出海的时候去，我们想和渔船上买龙虾的人一起去，他们可以把我们放在卡那海角的码头，我们可以走路去外婆家里。我们没有独自去过，我们不记得曾经去过，因为如果是走陆路的话，要坐马车去，路途颠簸，也远得多。首先，你得在内陆公路上乘马车走上二十英里，然后再折回头下到海岸边来。走陆路要比走海路远上一倍，我父母是一年去一次，通常他们只是自己去，因为马车容不下那么多人。如果我们赶不上渔船，我们担心根本就去不了了，他们总是说‘再等等看’。”

父亲说卡那海角如此遥远，我觉得有些奇怪。那时候，开车去卡那海角只需要四十五分钟，尽管最后一段路不太好走，春秋季的时候，那段路泥泞不堪，危险难行，而到了冬天，又会被大雪封住。但是如果你真想去，那里一点都不难去。所以，当我在阁楼里发现了一些从卡那海角来的信时，感觉奇怪极了，像是从一个遥远时代寄来的。很难想象，相隔只有二十英里的人，会相互写信，会一年只见一次。但在那时，距离就是很难克服，那时也没有电话。

父亲和安格斯叔叔是双胞胎，他们的名字是照着他们的爷爷取的，一个叫安格斯，一个叫亚历克斯。那时候，父母都喜欢用他们父母的名字给自己的第一个孩子起名字，这样一来，好像所有的男孩子都叫安格斯或者亚历克斯。二十世纪初的时候，还有来自叙利亚和黎巴嫩的商贩，背着沉重的背囊，在乡间小路上跋涉，他们也常常给自己起名字叫安格斯或是亚历克斯，以便和潜在的客户拉近距离。

这些商贩和他们讲盖尔语的客户往往都不会说英语，所以一切能帮助他们交流的做法都是好的。有时候，他们展开背囊，展示闪闪发亮的缝衣针，观众虽然欣喜，却无力付款，这时候，商贩也会把货留下。之后，等到钱攒够了，赊到了货的人会说："把我们欠安格斯和亚历克斯的钱放在糖罐里，等他们来了付给他们。"

有时候，商贩们会把信从一个地方带到另一个地方，从海岸边上某个叫安格斯或亚历克斯的家庭，带到另一个叫安格斯或亚历克斯的家庭。商贩们要辨识出不同的家庭，把信交给这些并不认字的人手中。

我的父亲和叔叔不断地恳求他们的父母，他们的父母总是说"再等等看"。有一天，父亲和叔叔去看他们的奶奶，她住得并不远。吃完午餐之后，奶奶说要看一下他们的茶杯，要通过茶杯底部茶叶的形状，看看未来会发生什么事情。"你们要出一趟门了，"奶奶盯着手里的茶杯说道，"你们会乘船去，你们要自带食物，你们会遇到一位神秘的女人，她长着黑色的头发，她和你们非常亲近，还有……"她一边说，一边转过茶杯，想要看得更清楚些，"哦……哦……哦……"

"什么？"他们问道，"什么啊？"

“哦，今天只能说到这里了，”奶奶说道，“你们该回家了，不然他们要担心你们了。”

他们两个跑回家，跑进厨房。“我们要去卡那海角了，”他们说道，“奶奶跟我们说的，她是从杯里的茶叶上看出来的，她会看杯里的茶叶，我们要带上午饭，我们要搭船去，她说我们就要出发了。”

第二天早上，他们穿着最好的衣服出发了，他们早早到了码头，手里提着午饭，等着龙虾船。船离开码头的时刻，还是晴空万里，沿海岸走远了一些，云便聚集起来，不多久又下起雨来。雨中的旅程显得格外漫长，船上的人让俩兄弟到舱里去避雨，不要让衣服淋湿了，也可以吃午饭。旅程的第一步，就这样被雨水给毁了。

渔船接近卡那海角的时候，雨还是下得很大，码头上的人都穿着厚重的雨衣，没法分辨清楚。在雨中，买龙虾的人匆匆忙忙，码头上等候的人也一样焦急。

“你们知道要去哪里吗?”船上的人问两位小乘客。

“知道。”小乘客嘴上这么说，心里却不太确定，大雨模糊了视线，他们曾经记得的地标看不清楚了。

“拿着，”船上的人从舱里拿出两件雨衣，递给两位小乘客，“穿上吧，别把衣服弄湿了，回头还给我们就行。”

两个人顺着铁梯子向码头上爬，码头上忙碌的人伸出手，把他们拽了上去。

码头上的人很忙，雨又很大，没人问他们要去哪里，他们两个又害羞又自负，也没有问人该怎么走。两个人卷起雨衣袖子，从码头出来，走上了泥泞的道路。他们不想把身上最好的衣服弄脏，便小心地挑着脚下的路，尽量踩在相对干一些的地上，不踏入小水坑和夹杂着小石子的小溪流。雨衣太长，衣摆会拖到泥泞的地面，经过水坑或是其他障碍的时候，他们会提起雨衣，像两位老淑女拉起裙摆一样。可是，雨衣一被拉起来，沾着泥水的雨衣下摆又会蹭到他们的裤子上，他们就只能放手。他们的鞋子都看不见了，他们能够听到，也能感觉到雨衣的后摆拖在身后。穿着过长的雨衣很不舒服，而且身上也都湿了，对于此时路上经过的人来说，他们小小的身躯又如此不起眼。

走了半英里之后，两个人碰到一位驾着马车的老头。老头停下车要载他们一程。老头穿着雨衣，帽檐几乎拉到鼻子上。他停下车，两个孩子爬到他身旁，马身上冒着白色的水汽。老头用盖尔语问他们的名字，从哪里来的，要去哪里。

“去看我们的外婆。”他们答道。

“你们的外婆?”老头问道。

“是的,”他们说道,“是我们的外婆。”

“哦,”他说道,“你们的外婆,你们肯定吗?”

“当然啦!”他们有点生气,尽管他们其实也没有那么确定,但他们不想表现出来。

“哦,”他说道,“那好吧!你们想吃点薄荷糖吗?”老头的手伸向雨衣下面,取出一只棕色的纸袋,鼓鼓囊囊的,满是薄荷糖。雨水打在递过来的纸袋上,纸袋变得松软,颜色变深,像要散开了。

“哦,”老人说道,“你们拿去吧!我为店里买了很多,是刚刚从船上运到的。”他指了指马车后面的几只铁箱子。

“你们晚上会住在外婆家吗?”老头问道。

“是的。”他们答道。

“哦。”他拽了拽缰绳,马儿跑进了一条通往院子的小路。

老头把他们带到房子前面,帮他们从车上下来。雨中的马儿脑袋摇来摇去,不耐烦地踏着脚。

“你们想让我和你们一起去吗?”老头问道。

“不用了!”他们希望他能赶快走,赶紧消失不见。

“好吧!”老头说完,便开始对早已不耐烦的马说起话来，马儿走向小径，车轮嘶嘶地甩出条条泥水，驶远了。

两个人在房门外犹豫了一阵，想等老头驾车走远，又觉得还站在雨中显得太可笑了。马车在小径上走了一半又停下来，老头回过头从马车上站起身，对他们喊叫起来，还用手指着房子，示意他们赶紧进去。他们推开房门走了进去，觉得非常尴尬，又不想承认说老头把他们带错了地方。

进到廊下，他们站在门廊和门口的交接处，身旁满是家居用品和农业用具，有烤盘、罐子、瓶子、夜壶、旧的牛奶桶、耙子、锄头、干草叉、一截截的电线和一段段的链条，等等。屋里光线不好，黑暗中脚下有什么东西动了起来，打到他们脚上，弹到他们腿上，又跳进了一堆堆的瓶瓶罐罐里，稀里哗啦地响了起来，原来是一头半大的小羊，咩咩叫着，跑向大门口，身后掉落下颗颗羊屎。与此同时，屋门打开了，小羊跳进了屋里。

站在门口的是一个身材高大的老妇人，戴着一双金属边框的眼镜，身上穿着层层叠叠的衣服，全然不顾当时是夏天。老妇人的两侧各有一条黑狗，长得像柯利犬，却没有白色的毛。黑狗低声吼叫着，脖子上的黑毛乍起，上唇龇开，露出闪亮的牙齿。黑狗脚尖着地，眼睛在黑暗之中闪闪发光。老妇人用手摸了摸两条黑狗的头，什么也没说，一起正视着前方。两个小孩想要跑开，又担心狗会追上来咬，便站在原地一动不动。此刻，唯一的声音便是两条狗急促的低吼声。“是谁啊？”① 老妇人用盖尔语问道，“是谁啊？”

两个小孩不知道该怎么回答，因为所有的答案都太复杂了。他们紧张地挪了挪腿脚，结果两条狗也往前走了两步，好像是在练习什么舞蹈动作一样。“是谁啊？”老妇人又问了一遍，“是谁啊？”

“我们是从金泰尔来的，”两个孩子终于开口了，“我们是亚历克斯和安格斯，我们想找到我们外婆的家，我们是坐渔船过来的。”

“哦，”老妇人问道，“你们多大了？”

“十一岁，”两个孩子答道，“我们都是十一岁，我们是双胞胎。”

“哦，”老妇人说道，“两个都是，我在金泰尔有亲戚，进来吧！”

两个孩子还是有些害怕，两条狗依然没动，从喉咙中

---

① 原文是盖尔语，“Cò a thánn?”

发出低低的吼声，嘴巴张着，露出白森森的牙齿。

“好吧，”两个孩子说道，“我们可以进来，但只能待一会儿，我们不能待得时间太长。”

这时，老妇人对狗说道：“去桌子下面躺着，不要吵！”两条狗立刻松弛了下来，跟在她身后，消失在了屋子里。

“你们看出来这两条狗是双胞胎了吗？”老妇人问道。

“没有，”两个孩子答道，“我们没看出来。”

“嗯，”老妇人说道，“它们是双胞胎。”

进了屋里，两个孩子找到了最近的几把椅子，把椅子搬到尽量靠近门口的地方才坐下。他们进入的房间应该是厨房，非常简陋，地上堆的东西和门廊里的差不多，只是更小一些，都是刀子、叉子、勺子、打破的杯子和碟子什么的。在厨房和起居室之间，有一堵没有建完的隔墙，隔墙的框架已经搭好，两边也钉上了墙板，但只钉到离天花板还有一半的地方。很难说是隔墙没有修建完毕，还是说原本要建高的隔墙，后来又造低了。隔墙之间的缝隙里有好几只猫，它们前爪搭在墙上，好奇地瞧了瞧来访的人，又赶紧跳回了隔墙中。从未完成的隔墙之间，可以听到刚出生的猫崽的喵喵声。屋里到处是猫，有的在桌子上，舔着盘子里的菜，有的在椅子背上，有的从一只老沙发下钻进钻出。有时候猫会跳过未完成的隔墙，消失在另一间房子里。有时候几只猫会彼此嚎叫，用爪子互相打斗。角落里还有一只大公猫，长着老虎一样的条纹，正在用力地和身下一只扁扁的灰色小母猫交配，其他几只犹豫不决的公猫围着交配的一对心有不甘，喉咙里发出低低的吼声。老虎一样的公猫会时不时停下来，冲着几只公猫吼叫，让它们离远一点。母猫的鼻子被压得贴在地板上，耳朵也紧紧地贴在头上。有时候，公猫还会用牙齿咬住母猫脖子上的毛。

躺在桌下的两条狗对这些猫视若无物，那头小羊警觉地站在火炉后面。房子里的一切都很脏，到处是泼溅的牛奶、猫毛和脏兮兮的碎盘子。老妇人穿着男式的橡胶鞋，身上有衬裙、裙子、套装、毛衣，一层套一层，每件衣服都很脏，上面有洒落的茶水、食物残渣和星星点点的油污。老妇人的双手看上去是棕色的，指甲很长，指甲里的污垢有半英寸长。老妇人抬起手，扶了扶眼镜，两个男孩看到眼镜片已浑浊不堪了。直到这个时候，两个小孩才意识到，老妇人的眼睛是看不见的，眼镜也根本没有作用。两个小孩更害怕了，不知道该怎么办才好。

“你们哪一个叫亚历克斯？”老妇人问道，父亲举起手，像是在学校回答老师问题一样，又想起来老妇人根本看不见。

“我是。”他答道，老妇人向他转过了脸。

“我跟叫这个名字的人有很长一段渊源。”老妇人说道，两个小男孩感到奇怪，她怎么会用“渊源”这样的词汇。

因为是雨天，天色比往常暗得要早，透过脏兮兮的窗户，屋外已经昏暗下来。两个男孩开始还感到奇怪，老妇人为什么不点一盏灯，现在知道了，屋里没有灯，有灯也没有用。

“我给你们拿点吃的，”老妇人说道，“你们坐着别动。”

老妇人走到没建好的隔墙那里，棕色的双手用力把隔墙最上面的一块板子揭了下来。接着，她把木板斜靠在隔墙上，用穿着胶鞋的脚使劲踩了起来。木板崩开了，她又踩了几脚，用脚把散在地上的木片拢在一起，拾起来，走到了火炉旁。她揭开火炉盖子，把木片丢进火里，把水壶放在了燃起的火苗上。

老妇人在橱柜里摸索吃的东西，把围在她手边的猫赶走。老妇人在一个铁皮罐里找到了两块饼干，把饼干放在盘子里，盘子是她特意放在橱柜里的，以防被猫吃。老妇人从一个茶叶罐里取出一捧茶叶放进茶壶里，冲进热水，又在一只肮脏的罐子里找到了牛奶，摸到两只杯子，把牛奶倒了进去。

老妇人拿着茶壶，准备倒茶。她转过身，背朝两个孩子，即便这样，两个孩子依然能看见，老妇人把带着半英寸长污垢的指甲的手指伸进了每个茶杯里点了一下。两个孩子看得出来，老妇人是想知道杯子到底满了没满，只能去试。但是孩子们的胃里已经开始翻腾起来，他们担心自己会张口呕吐。

老妇人给每个孩子端了一杯茶，从橱柜里拿出饼干，把碟子递给他们。两个孩子把递来的东西放在大腿上，看着老妇人，尽管知道老妇人什么也看不到，可还是感觉她在盯着自己。两个孩子看看茶杯，又看看饼干上的猫毛，不知道该怎么办。过了一会儿，他们开始用嘴唇装出吃的声音。

“我想我们要走了。”两个孩子小心地欠欠身，把依然满满的茶杯放到了椅子下面，把饼干装进了口袋。

“你们知道该怎么走吗？”老妇人问道。

“知道！”两个孩子说得很坚决。

“你们能在晚上找到路吗？”

“能的！”两个孩子依然很坚决。

“我们还能再见面吗?”老妇人的声音高了一点，又问了一个问题。

“能。”两个孩子答道。

“有的人要更忠诚一些，”老妇人说道，“记住这句话。”

两个孩子跑上了门口的小径，意外地发现屋外反而比屋内更明亮。他们走到了大路上，沿着大路与码头相反的方向继续走，没多久，他们便能看到原来想要去的房子了。

走上通往那房子的小径时，天还在下雨，天色已经完全暗了下来。小径只通到谷仓门口，房屋的大门还在几十码远的另一边。谷仓的大门开着，他们走了进去，想稍作休整，喘一口气。谷仓里很安静，所有的牲畜此时都在夏日牧场。两个孩子停在了第一排畜栏前，却听到了从隔壁打谷场传来的一种有节奏的声音。两个孩子推开小小的隔门走了进去。等待眼睛适应了里面的黑暗之后，两个孩子看到在最远的角落处有一盏油灯，调到了最暗的程度，挂在一颗钉子上。他们看到灯旁是一个男人的影子，身材高大，穿着胶鞋、背带裤，头上戴着一顶压得很低的粗呢帽子。男人的脸冲着南边的墙，侧身向着两个男孩。男人的身体重心一下在脚跟上，一下在脚掌上，有节奏地晃动着，臀部也在前后摇晃，嘴里咕哝着盖尔语。看起来男人并不是在跟自己说话，而是在和想象中的某个异性。男人裤子的前襟敞开，右手握着自己的家伙，随着摇动的身体撸动着。

两个小孩不知道该怎么办，他们没认出这个男人是谁，他们害怕他会转过身看到他们，也害怕转身出去的时候发出声响被他发现了。在家里，他们两个睡在楼上，父母睡在楼下的房间（“为了照看炉子”，父母会这样说）。尽管他们对性越来越感兴趣，却并不知道什么。他们见过动物交配，比如说前面看到的那一对猫，但他们还从没见过一个情欲高涨的成人，尽管他们能听出来他对自己和想象中的异性说的那些话。突然，随着一声呻吟，男人的身体前倾，体内喷出了一股灰白色的液体，射到对面的墙上，也流到了脚下的干草上。男人的左臂放到墙上，头枕在了胳膊上，稍事休息。两个男孩悄悄从隔门处退了出来，走出了谷仓，在雨中踮起脚尖走向屋子。

他们走上门廊，纱门刚在身后关上，便听到厨房传来的声音，声音尖利刺耳，像是在骂人。门忽的一下打开了，两个孩子站在了自己的外婆面前。起初因为他们身上穿着长雨衣，外婆一脸怀疑与气恼，并没有认出他们来。但接着外婆的表情变了，她走上前来拥抱他们。

“安格斯！亚历克斯！”外婆说道，“好大的惊喜！”她往两个男孩的身后看了看，“就你们两个人吗？你们是自己来的吗？你们干吗不早跟我们说呢？我们可以去接你们。”

两个男孩从来都没想过，自己的到来竟会是这么大的一个惊喜。他们一直在想着这次行程，无论当天发生了什么，他们还以为每个人都知道他们会来。

“快进来！快进来！”外婆说道，“快把湿衣服脱掉！你们是怎么来的？是刚刚到的吗？”

两个孩子告诉外婆，他们是坐渔船来的，走了一段路，搭了一个老头的马车，老头给了他们薄荷糖，把他们送到了盲妇人那里，但他们没有说谷仓里的一幕。外婆一边在厨房忙碌，挂起他们的湿衣服，把茶壶放在火炉上，一边听他们的讲述。外婆让他们描述一下给他们薄荷糖的老头，他们告诉外婆，那个人说自己有一家商店。外婆又问起了那个盲妇人的情况，他们告诉外婆，盲妇人给他们倒了茶，他们没喝。“可怜的人！”外婆说道。

这时，纱门砰地响了一声，一阵沉重的脚步声到了门廊，刚才在谷仓看到的那个男人走进了厨房。

“你的外孙看你来了！”外婆的声音冷冰冰的，“他们是从金泰尔坐船来的。”

灯下的男人眨着眼睛，身体还在摇晃，努力想看清楚两个孩子。孩子们看出来了，他醉得厉害，所以听不太明白。他的眼睛充血，眼眶血红，白色的胡子里夹杂着黑色的胡茬，好几天没刮过胡子了。他的身体前后摇晃，仔细地盯着他们，想要看清楚眼前到底是谁。两个孩子忍不住看了看他的裤子前襟，看看那里是不是有精液的痕迹。但是，他刚才是在风雨之中，身上到处都是水渍。

“哦！”他说道，像是眼前的面纱被揭开了一般，“哦！我爱你们！我爱你们！”他上前来拥抱了两个孩子，还亲了亲他们的脸颊。他们能闻到他嘴里的酸臭味，也感到他胡子茬扎到脸上的刺痛。

“我要上楼休息一下，”他转过身，“我一直在谷仓干活，你根本想不到有多忙。我等会儿就下来。”他一只手扶着厨房的椅子，踢掉了脚上的胶鞋，摇摇晃晃上楼去了。

两个孩子有点惊讶，他们竟然没有认出他们的外公。大约一年前，外公曾经来看望过他们，那时候的外公，穿着蓝色的哔叽呢西服，昂贵的马甲上挂着一只金表链，口袋里装着薄荷糖，人又帅又精神。他们和父母一起来看外公外婆的时候，他也总是衣着整洁，头脑清醒，礼貌周全。

等到他们听不到外公的脚步声了，外婆又和他们聊了起来，一边问他们父母和学校的情况，一边收拾火炉，准备餐桌。

过了一阵子，外公下了楼，他们都围坐在餐桌旁。外公已经换了衣服，脸上是一道道的血迹，肯定是刮胡子的时候弄伤的。吃饭的时候，外公打翻了水杯，把吃的东西掉到了腿上，大家都觉得不自在。两个孩子和外公一样，也筋疲力尽了，只有外婆一人还好。晚饭刚吃完，外公便说了句“明天会好的”，就上了楼。外婆让两个孩子赶紧去睡觉。

“我们都累了，”外婆说道，“到了明天他就正常了。他看到你们来了，就刮了胡子。我会跟他说的，我们很高兴你们能来看我们。”

两个孩子钻进如山高的被子下面睡觉，隔壁是外祖父母的房间。睡觉之前，孩子们听到了两位老人用盖尔语交谈，接下来，孩子们就一觉睡到了天亮。醒来的时候，外公外婆已经站在了他们的床前，太阳也已经在窗外闪耀了。外公外婆各端了一个盘子，上面放着粥、牛奶、茶和奶油，他们都穿得相当正式，就像两个孩子见过的那样。谷仓里那个喝醉的男人，就像一场梦一样，两个孩子真希望自己没看到过那一幕。

起床穿衣服的时候，两个孩子发现盲妇人给的饼干还在口袋里。他们出去的时候，就把饼干丢到了谷仓后面。

他们在卡那待了一个星期，那几天每天都是阳光明媚，天气晴朗。他们乘着外公的马车到处做客，有时候是去看别人家的主妇，有时候是去谷仓，和男人们站在一起。有一天，他们去了一家商店，竟然没有认出来柜台后面的那个老头，就是曾经给过他们薄荷糖的那一位。老头认出了他们，也是同样惊讶，对着他们的外公说："很抱歉，那天我搞错了。"

在卡那的一个星期，两个孩子注意到，这里的人做事与他们习惯的有些细微的差异。卡那海角的人会用绳子勒在马脖子上，而不是给马戴上嚼子；他们的菜园不是一行行耕作的，而是用苗床；他们种的是一种特殊的草莓，果子结在离根部很远的地方；从水井里打上的第一桶水会被倒掉，水的味道也微微不同。他们在晚上睡觉前就会把早餐桌摆好；他们对着新月鞠躬或行屈膝礼，在圣科伦巴教堂里，男人坐在过道的一边，女人坐在另一边。

外公告诉他们，这里的圣科伦巴教堂用的是苏格兰卡那岛上的小教堂的名字。圣科伦巴的原名叫科伦·科利，他来自爱尔兰，聪慧尽责，具有一种超凡的能力，也可以叫做“第二种视觉”，能看到幻象，能从一块石头中“看到”想看的东西。科伦·科利热爱美，性格极为坚强。有一次，他没经过允许就抄录了一段经文，但他认为抄下来的经文就该是自己的。爱尔兰的国王受邀来断案，他的判词却对科伦·科利不利，国王说的是“奶牛有其幼崽，书本有其抄本”。后来，这位爱尔兰国王又处决了一位曾经受到科伦·科利庇护的年轻人。科伦·科利认为自己受到了不公的对待，他告诉爱尔兰国王，自己会率领亲属和族人与国王战斗。战斗的前夜，他们禁食与祈祷的时候，圣米迦勒对科伦·科利显现了。天使长告诉他，上帝会回应他的祈祷，会让他在战斗中获胜，但是上帝并不喜欢如此世俗的请求，他应该自我流放，离开爱尔兰，永远不要回来，除非在流亡途中，否则他将永远不能再见到爱尔兰和它的人民，也不能再吃爱尔兰的食物了。科伦·科利的队伍打败了国王，但也损失了三千人，他原本可以当上爱尔兰的王，却遵奉了自己看到的启示。有人说，他之所以离开，也是为了那死去的三千人赎罪。他乘坐一艘小船，船里的追随者都是他的亲戚，他穿越大海，来到了苏格兰的小岛上。科伦·科利生命中的最后三十四年都留在这里，他建立修道院与小教堂，四处旅行。他传教、预言，观察异象，永远改变了世界上的这个地区。离开爱尔兰时，他说道：

有一只灰色的眼睛
回望着爱尔兰；
再也见不到了，
那儿的朋友亲人。

悲伤时刻陪伴着我
从踏上旅途的一刻；
我隐秘的另一个名字
是“背向爱尔兰的人”。

“他回去了吗？”两个孩子问道。

“回去过一次，”外公答道，“爱尔兰的诗人们要遭受放逐，他从苏格兰渡海回去，为他们说话，但是他到了爱尔兰就蒙上眼睛，不去看爱尔兰的土地和人民。”

“你认识他吗？”两个孩子问道，“你见过他吗？”

“那是很久以前的事了，”外公笑了起来，“一千三百年前的事了。不过，有时候我真觉得我认识他，也见过他。这座教堂，就是以他在卡那修建的教堂来命名的。那里的教堂很久以前就衰败了，人们四散了，教堂旁的水井里塞满了石头，墓园里的凯尔特十字架被拆下来，修了公路。但是，我觉得我还是能看到他们。”外公抬头看着大海的远方，仿佛他能看到那座“绿色的岛屿”，能看到岛屿上的人民一样。“我能看到他们的日常起居，在圣米迦勒节骑上马，抬着死者的遗体向太阳升起的地方进发，看到人们恋爱、结婚。卡那的人差不多在二十岁前就会结婚。人们觉得单身很不幸，那里很少有单身的男女，也许人们也等不及，”外公笑了起来，“可能这也是为什么人口会增长得那么快。不过，一切都过去了。”

“你是说都死了吗？”两个孩子问道。

“嗯，有的人是死了，”外公答道，“我的意思是说人们都出来了，散居到世界各地。我们到了这里，这就是为什么这个地方叫做卡那，我们也把有些习俗带了过来。有时候我们也不能知道，或者不能完全理解，有时候也很难说明白从没见过的事情。你们能来住上一段时间，真是太好了。”

一个星期快过完了，他们听说有一艘政府的小船会沿着海岸检查灯塔。小船会停在卡那的尖角，稍后会向南开，会在金泰尔停留。这是个很好的机会，小船可以带着他们回家，他们也想坐这条船。离别之前的晚上，外祖父母给他们做了一顿丰盛的晚餐，还配上了白色的桌布和蜡烛。

第二天早上，他们准备出发，雨又开始下了。外婆给他们带了几个包裹，有一封信是要交给妈妈的，还给他们带了龙虾三明治当午餐。走的一刻，外婆拥抱了两个孩子，亲吻了他们，对他们说道："谢谢你们能来看我，你们能和我们在一起住几天，我们自己也觉得好多了。"她看了看她的丈夫，他也点点头。

两个孩子爬上了外公的马车，雨落在他们身上，他们小心地把包裹放在座位底下。在去码头的路上，他们路过了通往盲妇人家的小径，她正在路旁，身边是两条黑狗。她穿着男式胶鞋，一块大的方围巾，一件厚厚的雨衣。听到马车驶近的声音，她大声地用盖尔语问道，"是谁啊？是谁啊？"

他们的外公没有回答。

"是谁啊？是谁啊？"盲妇人用盖尔语喊道，"是谁啊？"

雨水打在她空空的条纹眼镜上，顺着她的脸庞流到外套上，流到伸出的双手上，流到肮脏的指甲上。

"什么也别说，"外公压低了声音说道，"我不想让她知道你们在这里。”

马儿越走越近，盲妇人还在不停地问着，但是他们三个都一言不发。盲妇人的高声询问穿透雨幕，盖过了马蹄有规律的哒哒声，让三个装作没听见的人感到一阵紧张。

“是谁啊？”盲妇人用盖尔语叫道，“是谁啊？是谁啊？”

他们低下头，就好像盲妇人能看到他们一样。就在马车即将和盲妇人打个照面的一刻，外公终于忍受不了了，他突然拉停住了马车。

“是谁啊？”盲妇人问道，“是谁啊？”

“是我自己！”外公用盖尔语低声答道，“是我自己！”

盲妇人用盖尔语骂外公，外公尴尬不已。

“你们能听懂她说的话吗？”外公问两个孩子。

两个孩子也不确定：“有些能懂。”

“拉住马！”外公把缰绳交给了两个孩子，他从马车上下来，又从马鞭架上取下马鞭，两个孩子后来才知道，外公这样做是因为看到了那两条狗。两条狗跑了过来，冲他恶狠狠地叫唤，只是看到他手中的鞭子才没有冲上来。外公和盲妇人说起了盖尔语，俩人边走边说，走向了盲妇人的房子，两个孩子听不到了他们的声音。两条狗躺在下着雨的路边，看着他们，仔细地听着他们。

两个孩子听不清两个人在说什么，只能透过溅落的雨声，听出语调的高低起伏。外公回来的时候神情沮丧，从两个孩子手中拿过缰绳，命令马儿立刻出发。

“上帝宽恕我！”外公的声音低低的，只是在对自己说话，“我不能路过她而不管。”

雨水顺着他的脸庞落下，两个孩子觉得他可能是哭了，但在雨中他们也看不出来，就和一个星期以前他们看不出他的裤子前面是否有精液的痕迹一样。

盲妇人站在门前的小径上，面向顺着大路远去的他们。这个场景中，人们总是会挥手告别的，两个孩子刚刚举起手，便想起来她是看不见的，挥手告别没有意义。盲妇人伫立良久，直到再也听不到马车的声音才转过身，带着两条狗回到了屋里。

“您熟悉她吗？”两个孩子问道。

“哦，”外公沉吟了一下，似乎被人从一个遥远的时空召唤了回来，“是的，很久很久以前，我就很熟悉她了。”

外公陪两个孩子在码头上等政府的小船，小船迟到了。船来了之后，船上的人跟他们说，不会花很长时间去检查灯塔，让他们在船上等着好了。三个人相互道别，外公赶着浑身湿透、着急返回的马儿回了家。

尽管说等待的时间不长，但也比两个孩子期待中的要长得多，直到下午，小船才离开码头驶向海中。雨还在下，风也越来越大，海面波涛起伏。风是从陆地吹向大海的，他们背向卡那海角，背向风雨。在大海中航行一段时间之后，船上有人说道："好像陆地上有地方着火了。"他们回头望去，能看到雨中腾起的滚滚浓烟。浓烟是在陆地上随风飘摇，由于相隔遥远，又是在雨中，再加上海上的视角与陆地上的不同，看不出来是哪里着火了。船上政府的人不认识当地人，本身已经迟了，船又在大海之中，便无意返回救火。他们也要操心越刮越大的风，想趁着顺风多赶点路。

黄昏时分，小船抵达了金泰尔的码头。近岸的最后几英里，风浪加剧，颠簸的小船上，两个孩子晕船得厉害，把龙虾三明治都吐了出来。卡那海角似乎在很远的地方了，在颠簸摇荡的小船和倾盆大雨的夹击下，曾经欢乐的一个星期暂时也失去了踪影。两个孩子尽快跑回了家，妈妈给他们喝了热汤，换上了干衣服，他们也比平常更早地上床睡觉了。

第二天早上，两个孩子很晚才起床下楼，风雨依然不停。接着，来自叙利亚的货商安格斯和亚历克斯来敲门了。

他们把沉重的湿皮袋放在厨房地上，跟孩子的妈妈说，卡那海角那边有人去世了。卡那海角那边的人正在托人捎信，但他们两个是更早的时候碰到了一个从那边来的货商，那人就把消息告诉了他们。货商和孩子的父母说话，父母让孩子“去外面玩一会儿”，雨还在不停地下，两个孩子便去了谷仓。

孩子的父母即刻就要收拾东西上路。海面风浪太大不宜行船，家里的小船也已在龙虾季节末收了起来。他们备好了马和马车，下午时分出发了。父母去了五天，回来的时候已经精疲力竭了。

从父母的言谈之间，两个孩子得知，原来是盲妇人的房子着火了，而她就在那所房子里。

后来也记不清到底是什么时候，他们又听到了一些新的情况。据说盲妇人当时是在火炉旁，衣服着了火，家里的动物也和她一起烧死了。动物的尸骨是在大门旁被发现的，看来它们是想从门口逃生，但她没能给动物们把门打开，也没能给自己把门打开。

几个星期之后，火灾的细节与他们的生活经历开始交织在一起。在两个孩子的想象之中，盲妇人有力的大手撕下了房子里的护墙板，投入火中时把自己的屋子给点着了，接着把自己也烧死了。两个孩子似乎能看到，盲妇人层层叠叠的脏衣服的前襟着了火，烧着了盲妇人看不到的污垢。火从衣服前襟处燃起，烧到她的肩膀，烧向她的头发，想象中的火焰舔舐与映衬着她的脸庞，倒映在她灼人的眼镜片里。

两个孩子还想到了那些动物。两条双胞胎大狗，凶猛却忠诚，皮毛上带着火焰，在门廊处嘶吼。那些贪恋情欲的猫依然躲在角落里咆哮着、交配着，体内的欲火依然高涨，全然不顾周围的热浪。咩咩叫的小羊，羊毛上燃起了火焰。隔墙之间刚刚出生的猫崽子，眼睛还睁不开，已经被烧死了。

有时候，两个孩子也会想象盲妇人的样子，有时在门廊前，有时在屋子里，有时站在雨中的大路旁。“是谁啊?”梦中或想象中的盲妇人用盖尔语问道，“是谁啊?”“是谁啊?”一天晚上，两个孩子听到自己答道：“是我自己!”孩子们听到他们自己的声音了，“是我自己!”

父亲和他的兄弟再没有到卡那海角的青山上度过一个星期的时光了，或许是生活过得太快，或许是条件不再允许，或许还有他们自己也不太理解的原因。

六年后的一个星期天，教堂里的牧师布道，希望年轻人能去当兵，参加第一次世界大战，布道很有煽动性。父亲和他兄弟虽然还小，但也热情高涨，想要跟父母说去哈利法克斯登记参军。爷爷奶奶着了急，找到牧师跟他说不行。牧师和爷爷奶奶是朋友，来到他们家中，说那天的布道是面对大众的，“我不是想让你们俩去。”牧师说。但是，这次的解释没有上次的布道成功。

第二天，两个年轻人搭车到了最近的火车站，准备去哈利法克斯。他们之前从未坐过火车，哈利法克斯大得让他们害怕。到了征兵的地方，没人注意到他们的年龄，但是体检这一关却很严格。尽管他们身强力壮，但常规的体检还是让他们害怕，他们竟然没法把小便解到一只瓶子里，不得已等了一会，想再试一次，坐在椅子上等着小便，这种感觉于事无补。两个年轻人喝了不少水，等了一会儿，又试了一次，却依然没有尿。最后一次，两个年轻人站在厕所的小隔间里，双腿岔开，裤子褪下，用盖尔语商量着到底该怎么办，却从隔壁隔间传来了另一个人用盖尔语的回应声。

那是一个从卡那海角来的年轻人，也想参军入伍，但没有遇到他们面临的问题。“我们能‘借’一点儿吗？”看着那人一满瓶子的尿液，他们问道。

“没问题，”那人说道，“不用还了。”他给兄弟俩人的瓶子里各倒了一些。三个人都通过了体检。后来，在征兵中心背面的巷子里，站在自己的尿水旁，三个人聊了起来。那位年轻人的爷爷在卡那开了一家商店，爷爷也不同意他来当兵。

“你认识亚历克斯吗？”他们提起了外公的名字。

年轻人有点迷惑，不过马上就反应过来了，“哦，麦克·安·安哈鲁斯，当然了，每个人都认识他，是我爷爷的朋友。”

也许是因为他们远离家乡，承受着不愿承认的孤独和恐惧，他们开始用盖尔语聊起来。麦克·安·安哈鲁斯便是他们的话题，年轻人对他们讲了许多他的事，或许他也不知道自己竟然知道这么多，又竟然有两位如此专注的听众。麦克·安·安哈鲁斯，译成英语的意思是“无法确知的孩子”，意思既可以是“私生子”，也可以是“不知道父亲是谁的孩子”。人们觉得他非常聪慧，精力也充沛，但他不愿意跟卡那当地的年轻人一起钓鱼。他攒了些钱，买了一匹极好的小公马，带着小公马到各地去，做配种生意。他骑在马背上，手里的缰绳松松地绕在小公马的脖子上。

人们觉得他很英俊，而且有“很强烈的天性”，或是

“过多的天性”，意思就是他的性欲很旺盛。年轻人说道：“有些人说，他播下的种子和小公马播下的种子一样多，人们都不知道他到底有多少孩子，不知道我们是不是，哈？”年轻人笑了一声。

后来他与一位住在卡那的女人有了关系。有人觉得那女人不正常，因为她经常发火，情绪不够稳定，还常常在众人面前冲着他大喊大叫。有时候，带着小公马回家的时候，他也会带回一些书和走私的酒。他们会一起静静地读书、聊天。有时候，他们会相互谩骂、嘶吼，甚至会动手打起来。

后来，他慢慢掌握了“达哈鲁”，即“第二种视觉”，看来他其实并不想要这种能力，有人说他之所以会这样，是因为书读得太多了，或者他是从自己未知的父亲那里继承下来的。有一次，他看到了晚上将袭来的暴风雨，那一天白天天气晴朗，根本没人相信他的话，结果到了晚上，渔船沉入海中，许多人淹死了。还有一次，他带着小公马出门，却看到自己母亲的房子着火了，回家之后，火灾果然已经发生过了，就是在他看到的那晚，他的母亲也死在了火灾之中。

幻象变成了他无法承受的东西，他既无法停止，也无法干预事情的发生。有一天，他和他的女人喝了很多酒之后，他们去找当地一位有名的牧师。他告诉牧师，他不想再有这些幻象，却好像根本没有这种能力。他和他的女人各坐了一把椅子，牧师找来了《圣经》，对着《圣经》祈祷，然后走过来，在他们眼前翻起了《圣经》的书页。牧师告诉他们，幻象是可以停止的，但是他们必须分手，因为他们俩人的行为在社区里造成了极坏的影响。女人气坏了，跳到牧师身上，要用长指甲把牧师的眼睛挖出来。她说安哈鲁斯骗了她，还说他说过，宁愿不要有“第二种视力”，也要维持俩人之间热烈的关系。她冲他脸上吐口水，骂他，接着就冲出了门。安哈鲁斯想要追上她，却被牧师紧紧抱住，按到了地板上。他喝得太多了，挣脱不开牧师的阻拦。

他们两个不再同时出现了，安哈鲁斯也不再骑着小公马四处游走，他给自己买了一条小船。他开始造访那女人的妹妹，一个性情温和的女人。那女人从父母的家里搬了出来，住在海岸边上一座老房子里。有人说，姐姐之所以搬出来，是受不了安哈鲁斯总是来找她妹妹。也有人说，这是两个人计划好了的，可以让他在夜晚跟她幽会，而不必担心被人看到。

不过两个月，安哈鲁斯便和那女人的妹妹结婚了。婚礼上，那女人辱骂起牧师，牧师则警告她，最后让她离开了房子。那女人还骂起自己的妹妹：说道："你永远也给不了我能给他的东西。"在她踏出房门的一刻，她对安哈鲁斯说了一句话，可能是"我永远不会原谅你!"也可能是"我永远不会忘记你!"她的声音充满感情，但她背对着大家，人们不知道她到底是在诅咒，还是在哭泣。

有很长一段时间，那个女人再也没有靠近过他们。人们只是远远地看到她在自家房屋与破败的谷仓周围，照看着父亲留给她的几只动物。秋冬交替时，她把自己裹在了层层叠叠的衣服里。晚上，人们可以看到她屋子里点起的灯，有时候能看到，有时候看不到。

有一天，女人的父亲来到安哈鲁斯的家里，他说他有三个晚上没有看到他女儿房里的灯，有些担心。三个人一起来到了女人的屋里，屋里是冰冷的。他们把手放在火炉上，是冰冷的，碗架上的杯子上盖着一层霜。房间里根本没有人。

他们去了谷仓，发现她躺在草堆上，身上盖着层层叠叠的衣服，但下身却露在外面。她意识不清，就像是冻得昏迷了一样，她的眼睛红肿，眼角有脓点。她生下了一对双胞胎女婴，其中一个已经死了，另一个还活着，靠在她的乳房上，躲在她的衣服堆下面。三个人赶紧把她抬进屋子，点上炉子，去叫若干英里之外最近的医生。后来，他们把死去女婴的尸体也抱进了屋里，放进了一只龙虾箱子，这也是他们能找到的最合适的东西了。医生来了后，说他也不确定婴儿生下的确切时间，但他觉得婴儿能够活下去。医生说婴儿的母亲生产时失血过多，还说她生孩子的时候用长指甲划伤了自己的眼睛，已经造成了感染，当然也是跟谷仓里面不卫生的环境有关系。医生不知道母亲能不能活下去，即便能活下去，她的视力恐怕是永远恢复不了了。

在那女人昏迷不醒的日子里，安哈鲁斯和他妻子照料着婴儿，婴儿终于活了下来。母亲的身体也开始恢复。她第一次听到婴儿哭声的时候，本能地伸出手，却发现自己生活在了黑暗之中。逐渐地，她听出了周边的人是谁，开始咒骂他们，说他们在她看不见的时候胡搞。随着她身体状况又好了一些，她也更加痛恨他们，让他们一定要离开她的家。她从床上爬起来，双手在身前摸索，有时是在白天，有时是在晚上，因为白天和夜晚对她来说已经没有了区别。有一次，他们看到她手里握了一把刀。于是他们就走了，既是因为她不想让他们继续待下去，也是因为他们有些害怕。一切似乎别无选择，他们把婴儿也带走了。

他们会给她送些吃的，放在她的门口。有时她会咒骂他们，有时也会安静一下。有一次，他们正说话的时候，她用长着长长指甲的手摸向了安哈鲁斯的脸。她的手指肚和手掌顺着他的头发滑下，滑过了他的眼睛、鼻子、嘴唇、下巴，沿着他衬衫的扣子滑到了他腰带之下，两腿之间的地方。她的手突然一下子握紧了，抓住了自己曾经拥有却永远不会再见到的东西。

安哈鲁斯和他妻子没有自己的孩子，这件事让他的妻子很难过，也让他们有了矛盾，就像传言中说的，“这一定不是他的问题”。没孩子这件事也折磨着他，让他时不时会喝得烂醉，尽管他自己从没跟别人提起过。总的来说，他们彼此帮助，彼此支持，没有人知道在夜深人静的一刻，他们在自己的床上会说些什么。

我转述的这些事情，是来自卡那的那位年轻人曾经告诉我父亲和他兄弟的。那时他们都还年轻，即将投身一战的硝烟之中。从他嘴里冒出的信息，像是业已安排就绪，只等有人揭示，而面对两位饥渴的听众，年轻人在不知不觉之间又讲了许多。故事是用盖尔语讲的，就像人们说的，“用英语转述，味道会不一样”，尽管描绘的一切都是真实的。

战争之后，从卡那来的年轻人死在了战场上，我父亲的兄弟则丢了一条腿。

我父亲回到了金泰尔，回到了曾经丢弃的生活中，回到了他的渔船、渔网与龙虾箱之中。一切按照季节的顺序往复循环。二战前父亲结了婚，又到了开战的一刻，他跟着从布雷顿海角的苏格兰高地人一起走了，或许他不知道，此时他的妻子已经怀孕了。

在诺曼底的海滩上，他们被扔在十英尺深的海水中，四周是纷飞炸裂的子弹与炮弹。他们摔倒在泥泞的海滩上，脸的轮廓印在泥里，接着是匍匐前进，往前爬上几英尺。随着一声令下，他们站起身来，如同海浪一般，冲向海滩。一切就在那一刻发生了。我父亲的眼前腾起了一道棕红色的火墙，裹挟着滚滚的黑烟，火焰在他眼前跳跃，他感到有一只手按在了他的左肩膀上，那是一只强健有力的手，他觉得自己的胳膊都被捏出了淤青。父亲转过灼热的眼睛，却用盖尔语说道，“谁在那里?”他问道，“谁在那里?”就在父亲致盲前的一刻，他看到了自己肩膀上有一只棕色的大手，长长的指甲盖里满是污垢。“是我自己，”她答道，“是我自己。”

父亲站的地方，有一个炸弹坑，所有站在父亲身前的士兵都战死了。这些都是后来人们告诉父亲的，因为他已经看不见了。

后来，人们告诉父亲，在他致盲的那一天，他的外祖父，也就是人们口中的麦克·安·安哈鲁斯也去世了。安哈鲁斯此时已经活过了百岁，因为白内障眼睛也看不见了。无论是靠听还是靠看，他都没法认出周围的人是谁了。他嘴里说的大部分事情，或是年轻时的，或是跟性有关的，或是那匹他曾经拉着松松的缰绳到处游荡的小公马的。他所提到的地方，大多是绿色的卡那岛，他其实并没有亲眼看过，还有在圣米迦勒节上骑马的人，抬着死者的尸体向太阳进发的人。还有意志坚定的圣科伦巴，一定要“背向爱尔兰”，还有他曾经爱过的地方，还有燃起的火焰和滚滚的浓烟。

我讲的这个故事，是在很久以前的龙虾季要结束的前一天，我父亲看着卡那的青山，讲给我听的。但是现在我讲起这个故事，我觉得这个故事并不是他那天告诉我的，尤其是看到他自己的外祖父在谷仓里的一幕，还有从卡那来参军的那位年轻人的部分，其实是从父亲的孪生兄弟、也就是我的叔叔那里来的。我叔叔丢了一条腿，是一战的伤兵，就常常去退伍军人中心消磨时间。叔叔跟我讲起这些事情的时候，会讲得更坦率，不像父亲有时还觉得尴尬。也许父亲没有跟我讲出故事的全部，只不过是重复了他自己父母的做法，他们也没有告诉他全部的故事。

我之所以会对这个故事印象深刻，也许是因为那天又发生了一些别的事情。我父亲讲完之后，我们开动了发动机，把船开进码头。我们到达的时候，麦卡拉斯特一家人，还有许多人都已经走了。我们把龙虾拖上码头，我看着秤上显示的分量。

买主有没有看到我们藏起来的龙虾，我就不得而知了，但是他们什么也没有说。我们在码头上卸了货，爬上铁梯子，与买家随意聊天，接过买虾的钱，我们想回头再来一趟，来拿藏在舱后的龙虾。

码头上还有一些渔民，大家心情都不错，龙虾季结束了，大家都拿到了钱，算是没有白辛苦。有人提议要开车载我们去退伍军人中心，我们答应了。

退伍军人中心里面都是人，绝大部分都是渔民，人们在大声说话，声音嘈杂。在退伍军人中心的后面，我看到了肯尼思·麦卡拉斯特和他的亲戚在一起。我们两个年龄都不够进这里来，但也问题不大。如果你自己觉得年龄够大了，退伍军人中心也没人管你。我的叔叔，还有另外几个亲戚坐在大厅中间的一张桌子前。他们冲我挥了挥手，我便走了过去。父亲跟在我的身后，时不时拉拉我的腰带，确认一下方向。父亲走近的时候，人们都会把脚缩回来，以免把他绊倒。我叔叔用的拐杖，原本是靠在一把椅子上，看到父亲走了过来，他把拐杖拿起来，靠在桌子旁，给父亲腾出了座位。我们坐定之后，叔叔给了我钱，让我去吧台买啤酒。回来的时候，我路过了麦卡拉斯特家亲戚坐的另一张桌子，我认出了他们，虽然我并不怎么认识他们。他们之中有人说了一句什么，但我没听清，我也没有停下脚步。那个下午的气氛更加喧闹，时不时会听到酒瓶和酒杯掉在水泥地上碎裂的声音。突然，有酒像雨点般落到了我们头上。

“怎么回事?”我父亲问道。

在我刚才路过的那张桌子旁，有两个麦卡拉斯特家的人正在给他们坐在大厅后面的亲戚扔一罐罐的啤酒。他们站直身子，像橄榄球比赛中的四分卫一样，把开了口的啤酒罐迅速旋转起来，投向后面的亲戚，我看到肯尼思站起身来，像外野手一般接住了一罐。打开的啤酒罐基本上能保持竖直，但一旦旋转起来，溅出的啤酒便会四散开去，洒到旁边坐着的人身上。

“这些混蛋。”我叔叔说了一句。

两个麦卡拉斯特家的人走到我们的桌前，他们三十岁上下，身体强壮，肌肉发达。

“你在跟谁说话？”其中一个问道。

“没你什么事，”我叔叔答道，“去那里坐下。”

“我在问你话呢！”那人问道，接着又转向了我，“刚才我就问过你一次，怎么回事，你们都听不到吗？我还以为你们家人只是看不见而已。”

一阵寂静，邻座都安静了下来，对话放缓了，男人们的手离开了酒瓶和酒杯。

“我刚才在问你的年龄，”那人依然盯着我，“你是最大的孩子，还是最小的孩子？”

“他是家里的独子，”另一个接着说道，“战争之后，他的爸爸瞎啦，摸不到他老婆的那个地方，生不出孩子啦。”

我记得我叔叔摸到了他的拐杖，人还坐在那里，但拐杖已经像棒球棍一样挥了起来。我记得他是用一条腿支撑着身体，挥动拐杖的。我记得拐杖砸在了那个人的口鼻之间，血一下子溅到了我们身上，接着便是桌翻椅倒，碎玻璃四射。我还记得有两个麦卡拉斯特家的人，急速跑到了我们的桌子旁，一人抬起我父亲椅子的一个边，像端着易碎的鸡蛋或是神圣的雕塑一般，小心翼翼地把他抬到了远离战场的墙角，弯下膝盖把父亲和他的椅子放在地上，又一人把一只手搭在父亲肩膀上，就像在安慰一个受了惊的孩子。就在搬椅子的一刻，已经相互拳脚相加的双方，也为他们让出了通道。我还记得有人拎起一把椅子砸在了我堂兄的头上，而我堂兄的双手，正牢牢锁着那个人的兄弟的脖子。

有人抓住我，把我推到了一边，我从他的眼中看出来，他是想寻找对手，而我只是挡了他的道。接着，我看到肯尼思向我冲来，就像我有些期待中的那样。就像是冰球比赛中的群殴，守门员会和守门员打成一团，因为他们从各方面看都最接近。

我太了解肯尼思了，从他眼睛里便看出了他的意图，他想在离我三步之遥的地方起跳，利用冲力把我撞倒在地，我的脑袋会磕到水泥地面上。一切就在不到一秒钟的瞬间发生了。他跳起身，双手举在身前，平飞过来，我弯下腰，向侧前方移动，既是向他冲去，又是在闪避，我的肩膀擦过他的髋部。肯尼思摔到了一张桌子上，撞翻桌子后，跌倒在水泥地面上。

肯尼思的脸冲下，趴在地上不动了，我想他可能是晕过去了，却看见鲜血从他脸下面流了出来，四周各色的碎玻璃都被血染红了。

“你怎么啦？”我把手放在他的肩膀上问道。

“我还好，”肯尼思答道，“我的眼睛受伤了。”

他坐起身，手捂着脸，鲜血从指缝间流了下来。我看见身旁多了一双胶鞋，又传来了一个男人的声音。“快住手！”他对着喧嚣的人群喊道，“看在上帝的分上！快住手！有人受伤了！”

在打斗的一刻说有人受伤了，让大家停手，这话回想起来会觉得很奇怪。当时每个人都受伤了，只是程度不同而已。但在那个时刻，听到了这句话，每个人都停了手，放开了握紧的拳头，松开了紧锁着的对手的喉咙。

接着是奔向医生与医院的一阵匆忙，每个人最初的计划都被打乱了。没人还记得我们藏在渔船里的龙虾，忘了我们还要有一顿龙虾大餐来庆祝季节的结束。几天之后，我们再想起来的时候，还觉得有点惊奇。龙虾都死了，被扔回大海里，成了那些眼睛上还盖着鳞片的鲭鱼的食物。

那天晚上，两辆车载着麦卡拉斯特家的人到了我们家里。他们说，肯尼思的一只眼睛保不住了。麦卡拉斯特先生跟我父亲年龄相仿，失声痛哭起来。两个扔啤酒罐的年轻人，手里捏着棒球帽，指关节依然带着血迹。他们向我父亲道了歉，“我们没想到事情会变得这么糟”，其中一个说道。我叔叔也从房间里出来，说他不该用拐杖打人。

麦卡拉斯特先生向我父亲提议，说我们不该再以那条善变的河流为界来划分渔场了，而是应该用海岸两侧两处突出的礁石为界，一家人先在海滩外捕一年的鱼，下一年轮到另一家人。我父亲同意了。“反正我也看不到界线在哪里。”他笑着说道。带着后见之明，一切竟然如此简单。

这里讲的故事，其中又套着另一个故事，就像任何故事一样，故事总会发展出新的故事，总会依赖别的故事，或许没有一个故事可以独自成篇。故事开始的时候，是两个小男孩在很久以前去造访他们的外公外婆，但是，因为情景变了，他们看到了外公外婆，却没有认出来，就像是他们的外公外婆也没有认出他们一样。这个故事又是由这些人的孩子讲述的。一位从来没有看见过自己儿子的父亲，只能依靠声音或是摸过儿子脸颊的手指来了解自己的儿子。

我写到这里的时候，我的小女儿从幼儿园放学回来了。她还处在那个每天要出一个谜语而我还要装作不知道谜底的年纪。今天的问题是“谁有眼睛却看不见？”考虑到刚才讲的故事，这个问题真是深奥极了。“我不知道。”我觉得我是真的不知道。

“马铃薯!”她奔向我的怀中，大声喊出了答案，为自己的聪明和我的笨拙而兴奋。

她是那在火中被烧死的盲妇人与安哈鲁斯的外孙子的孙女。我们俩人，尽管年龄与理解力相差巨大，却都是无法得知生活真谛的孩童。

这个故事中的绝大多数人物，就像安哈鲁斯说起别人时提到过的，“都已经不在了”。依然在世的只有肯尼思·麦克莱斯特，在多伦多的一家肥皂厂当门房。他没法加入空军，没法直飞太阳，飞越山巅，飞过大海了。一切都是因为很久以前的那个下午，他的眼睛受到的伤害。现在的肯尼思装了一只假眼，他会说“没人能看出区别来”。

我们还是小男孩的时候，会把滑溜溜的春天的鲭鱼抓在手里，盯着它们无法看东西的眼睛，想要看到自己的倒影。当拽着龙虾箱笼的湿绳索被拉出海面，我们也会挑出其中的一股，看看几英尺之后，这股绳子会在哪里。这件事很不容易，因为粗绳索是由若干股细绳索纠缠交织、拧在一起的，我们很难给出确定的判断，也很难看得清楚，想得明白。看清楚纠缠交织在一起的爱，永远都不容易。

来年春天

（1980 年）

七年级结束后的夏天，我真正迷上了牛种改良的想法。当然，对于住在农场里的人来说，牛种改良倒也不是什么新想法，我身边总有数不清的牲畜。每一天，我都会触碰到它们，它们在身旁，真真切切、实实在在地影响着我和家人的生活。不同的季节，它们和我们的亲密度，还有表达那种亲密的方式都不同。

冬天的时候，牲畜数量不多，它们挤在一起，关在狭小的牲口棚中。牲畜跺着脚，踩在粪便味道强烈的地上，脑袋不耐烦地左右摇晃，发出不同的独特的声响。如果你愿意在晚上走到安静的马棚里，推开吱嘎作响的门，便能感觉到它们身上的热度如海浪席卷你。柔和的夜色中，牲畜的呼吸声以不同的节奏此起彼伏。要是你打开手电或是举高手中的提灯，那些醒着的牲畜便会双眼发出光亮，有的在栏杆后，有的在食槽后，以不同的声响回应灯光。牛会用脖子无休止地摩擦木头柱子，吱吱嘎嘎的，半醒了的猪哼哼叫着，马匹嘶嘶地喷出鼻息，猛然收紧绳索或皮带的嗖嗖声，还有移动笼头锁链时的丁零当啷声。

到了三月，牲口棚显得更拥挤，尚未生产的母畜身躯庞大，占据了更多的空间。它们躺倒的时候，子宫深处传来的阵阵涟漪在紧绷如鼓的皮肤下清晰可辨。未来的希望，此时就藏在它们温暖、神秘、黑色的体内。

冬天的房子里，猫狗像散乱的小块地毯一般，或是钻在厨房的长凳下，或是躺在餐桌下，或是伸长了身子，趴在烧着木材的火炉后面。晚上，我的狗莱迪会睡在我脚下，透过床单，能感到它的心跳声，给人带来温暖与生命的慰藉。莱迪总是用爪子盖住它又湿又冷的鼻子。

生育周期从三月底开始，一直延续到七月底，先是羊，再是牛，然后是猪，最后是长着长腿、颤颤巍巍的小马驹。还有小鸡、小猫和刚出生时紧闭双眼的小狗。那几个星期里，动物的数量会翻一番，甚至两番，家里人会围着这些新来的生命，为它们迅捷的生长忙成一团。建造新的畜栏，给小动物分离、断奶、烙印、拔牙、阉割、割断尾巴、在耳朵上切开小口，刀光闪烁，抗议声也不绝于耳。之后，牲畜可以放出来了，根据不同的种类，或是去大点的场院，或是去田野之中，或是去蓝白色的海边牧场。

七月一日来得总是异乎寻常地迅速，为了牲畜能过冬，牧草季开始了。夏天的几个月里，牲畜长得皮毛柔滑，身宽体胖，桀骜不驯。作为主人的我们却变得劳累消瘦，脾气暴躁。我们常常是在太阳升起之前便起床干活，天黑之后才能休息，似乎只有干活的马，会累得消瘦，会和我们分担。马匹项圈处的灼伤和擦伤，就像我们手上的水泡和老茧一样，有的时候，我们会在晚上用稀释后的马用药膏，涂抹自己白天落下的扭伤与劳损。

就像我说的，牲畜会在夏天长得壮，也很自由。只有奶牛，一天两次，要带到谷仓来挤奶，因为这样，牲畜身上常有一种与傲慢相去不远的独立模样。漫漫夏日，其他的牲畜常常会漫不经心地嚼食着青草。从牧草车顶上，我们能看到这些牲畜，特别是夏天最热的一段时间里，它们躺在沙滩上，沙滩一边是牧场，一边是大海。离海边近一些，会有清风拂过，会凉快一些，烦人的苍蝇也更少。有时候，它们会离大海边上的悬崖太近了。夏天工作的日子里，我们可没时间去蔚蓝的海边。

夏日一天天过去，年轻的牲畜变得越来越独立，成熟的牲畜开始了又一轮的发情。牲畜类别不同，性别不同，展现需要的方式也不同，它们要求迫切，只有满足后才能罢休。牲畜依赖我们，我们也得常常介入、干涉或是帮助它们解决问题。我们用铁链把欲望强烈而脾气暴躁的公羊锁起来，铁链的一端拴在柱子上，柱子深深地埋入土中。如果把所有的公羊关在一起，它们会用坚硬的头颅相互顶撞，发泄不满。我们会把公羊和母羊隔离，隔离到秋天，因为此时交配受孕的小羊会在冬天出生，很难存活下来。我们会把年轻的母牛和体型巨大的公牛隔离，因为对小母牛而言，与这种公牛的交合往往会造成伤害，后果甚至是永久性的。另外，即便小母牛能够从血流不止中恢复过来，如此年轻的母牛怀孕了，未来产仔也会有困难，常常会因难产而死。再等一年，对小母牛而言，对我们而言，都会轻松不少。同样道理，我们也不让母鸡生下秋天的小鸡，因为小鸡也很难熬过冰冷的、雨水不断的十一月，更别说难熬的冬天。我们就像保护欲极强的父母，绕着牲畜打转，希望控制生育的努力能产生最好的结果。我们心里想，这可都是为了你们自己好，也是为了我们好，尽管我们不会这样说出来。

秋天到了，我们会减少牲畜的数量，它们在漫长炎热的夏天繁衍得太多了，数量比春天时翻了两倍甚至三倍，需要在秋天以不同的方式减少。牲畜买家会来，有时会直接去牧场，挑中那些可怜的受害者，出价，挑毛病，走两步又回来。所有的公羊羔和大部分的母羊羔都要卖掉，只留下几只进行下一轮的繁衍。羊只走的时候，会变得又强壮又喧闹，想想它们几个月前，还颤颤巍巍、没法站稳。羊群里你推我搡，被引导上到等候的卡车车厢里，有时候，它们还想跳过车厢四周的围栏逃脱出来。卡车把羊只运走，就此它们向唯一生活过的地方告别，向一生中唯一的一个夏天告别。羊只义愤的咩咩声中，有着真实的恐惧。不久，卖掉它们换来的支票会寄给我们，让我们在期待与盼望之中，又有了短暂的自信。

有时候受制于不同因素的影响，我们会把牲畜赶上卡车或火车，卖到外边的屠宰场，看起来简单省事，也要走很多道程序。我们也会把牲畜就地屠宰，肉卖到本地市场，有时候，这样做反而利润更多。深秋时节，我们总要杀掉不少牲畜，给我们自己和城里的亲戚补充些肉食。有些年份要杀得更多一些。这段时间总让人心情压抑，尤其是一想到要杀掉那么多的牲畜。杀戮到来的前一夜，我们会仪式般地铺开沾满死亡气息的布垫，上面是各种血渍与污渍，总也没法洗涤干净。我们坐在厨房的椅子旁，磨着各式各样的刀具，用满是老茧的手测试刀锋是否锐利。我们要留意天气，根据月相变化来安排杀戮。谷仓里传来的是尚不知情的牲畜的抗议声。与倒霉的囚犯不同，行刑之前，牲畜得不到食物和水，之所以不给，是为了让它们重量轻一些，体液少一些，好让我们到时候能够轻松处理。

屠宰的日子一到，我们早早起床，希望一天顺利。深秋时分，白昼变短，我们一般依靠自然光工作，必须早点起床。牲畜会被牵到谷仓之中称为打谷场的那块地方，安置在链轮下方，等一下，我们要靠链轮把它们的尸体吊起来。如果是大牲畜，就用枪射杀。有时候，我们会用蜡笔在牲畜脑袋上画上线，从两个耳朵的后面划到前额处，线条交叉的点，便是靶心。如果不是大牲畜，就请最强壮的人，用一把大锤或是斧子的钝面，直接砸进它的双眼之间。我们会用绳子绑住牲畜的前腿，蒙住眼睛，击杀完成之后，动手的人会丢掉大锤或斧子，接过把手朝前递来的刀子，割断牲畜的喉咙。递刀的样子，就像手术室里的护士。如果一切顺利，只需要十到十二秒，那活物的生命便会结束。猪是最难杀的，因为它们的颅骨向后倾斜，比其他动物平坦的前额更难刺入。随着血液从割开的脖颈间喷出，我们会用盆接住，牲畜的血可以做成血布丁，盖尔语称之为“马拉干”[1]。一个人会在跌倒的牲畜身边端着盆子，另一个人会抱紧牲畜扭曲的脑袋，确保喷出来的血流进盆子，不会洒在地上浪费了。接着，我们会提起牲畜的后腿，利用筋腱的空隙把肉割下来，再塞进一根水平的杆子。我们把链轮放下来，与杆子固定好，把撑开了双腿的牲畜吊起来，一面剥皮，一面掏出内脏。有时候，即便牲畜死了，甚至皮已经剥掉了，它们的身体还会抽动一段时间。牲畜的内脏会被丢入一口大盆里，我们会在冒着热气的内脏中用滑腻而满是鲜血的双手挑拣。一般来说，我们会留下心脏、肝脏、胃和一条条的脂肪，有时候也会留下其他的脏器。如果有时间，我父亲会指着内脏，告诉我们这些神秘而终于可见的部位的功能。“这是膀胱，这是脾脏，这是大肠，这是气管，这些是肺，这是种子从睾丸进入阴茎的通道。”我们会仔细地听，认真地看，像是验尸程序一样，又像是一群医学院的学生，热切地围着一动不动的尸体观摩。

常常会有一些意想不到的东西。有时候在牲畜的胃里会发现大瓦钉、栅栏钉或是一团团的电线。有一次，我们发现了一包奇特的半透明软骨组织里紧紧包着一截啤酒瓶，

---

① 原文是 maragan。

看上去像是一颗巨大而肮脏的珍珠。我们想起来了，大概一年前，这头牛有好多天没法吃东西，也不能产奶，甚至都没法走路。我们不知道，这头牛是怎么在吃草的时候，竟然把边缘锋利的玻璃瓶吞进了肚子里，玻璃瓶又会怎样划破了它的胃，我们也不知道玻璃瓶周围怎么会生长出一团奇怪的软骨，把玻璃瓶紧紧裹住，而牛又能如常生活了。还有一次，我们在一头年轻母牛的子宫里发现了一头没有出生的小牛。我们曾经想尽办法，这头母牛也没法受孕，到了它生命的第四年，还是无法受孕，我们养不起它了。“我们不能再养着它过冬了。”最后的判决已下：“给它增肥，然后杀掉。”在母牛的子宫里看到这头小牛胚胎的时候，胚胎竟然还动了动，它纤细的四肢刚刚成形，紧紧抱在一起，大大的眼睛泛着光。小牛的耳朵精致柔弱，紧贴在脑后，仿佛地球深处发现的蕨类。没人知道这头小牛是怎么来的，尽管大致的时间能推算出来。我们想要的最终还是得到了，只是时间太晚，无法挽救大小两头牛的生命了。

贩卖与屠宰的场景会一遍遍重复，直到牲畜数量和干草贮备之间达到大致的平衡。遭遇旱灾的年份，草料数量不足，就不得不减少牲畜的头数。收成好的年份，我们能让更多的牲畜熬过冬天。让哪些牲畜留下来，送哪些“上路”，总是要经历一个紧张而小心翼翼的过程。我们像精明的领队一般深思熟虑，考虑每位选手的长处与短处，挑选出好的运动员。年龄总是一个需要考虑的因素，还有就是综合实力，我刚才提到的另一个因素是是否可以生育，还有就是所谓的“个性”。坏脾气的、容易兴奋的或是有不良习惯的，比如跳栅栏、闯到菜园吃菜的，都会在时间到来的一刻，受到特殊对待。当然，要是这头爱惹麻烦的牲畜有什么特殊的优点，也会被网开一面，再多活一年。生下过强健羊羔的母羊，或是总能生出双胞胎的母羊，便是能够平衡掉缺点的优点。产奶量大的母牛，无论它们的脾气如何令人不快，也会在争议声中被放过一马。在实力平平的队伍中，这类动物便像是明星一般，总会得到特殊待遇。

我之所以讲这些，是为了让你明白，我那个“牛种改良协会”的想法是怎么来的，你也能看到这个想法短暂存在的外部环境是什么样的。这个想法本身或许并不牢靠，充满未知数与不确定性，却也是来源于人与动物的世界，根植在两者的关系之中。

当然，具体到这个想法，是源自我们之中的一位新人。冬天将尽的早春时分，我还在上七年级，一位新的农业代表造访了我们那个只有两间房的小学校。他有运动员一样的体格，浑身活力四射。年轻的农业代表还有一年便会拿到学位，他要利用这一年时间，离开学校，来一次“田野实践”，我们便是他田野实践的一部分。他很有感染力。在他以前，也常常有农业代表造访我们，但是，那些人往往都年龄大得多，通常是一副不情不愿的表情。其中一位，喜欢穿件仿羊羔皮的夹克，灰色裤子上面是烟灰和其他的污渍。他会坐在教室前方的桌子后面，问我们还有没有问题，几乎没人会提问，他便会接着说：“嗯，接下来我们说点什么呢?”他会满怀渴望地看向窗外，我们也一样，他望向窗外的样子是希望课程赶紧结束，彼此都能解脱，而不是在寻找讨论的话题。另一位农业代表，喜欢给我们看“北美常见野草”的幻灯片。他来得挺晚，好像是在五月或六月，他总是下午过来。他的每张幻灯片下都有野草的名字和图片，他照本宣科地对着我们，大声念出野草的名字，“狗舌草”“苏格兰蓟”“野洋葱”“钝叶酸模草”……我们称他的课堂为“野草大巡游”。他总会偷偷瞄一下手表，从保温杯里抿一口掺了威士忌的咖啡。炎热的下午，一种野草接着一种野草，草的名字越来越含混，威士忌与咖啡的气息萦绕我们，我们几乎都能睡着了。但是，新来的这位改变了一切。

首先，他说在我们现有的蔬菜种植协会之外，还应该有一个牛种改良协会。他说他一直在做这方面的研究，我们需要做的，是通过人工交配育种得到最少十头血统纯正的小母牛，小母牛应该在来年春天出生，现在正好要考虑它们的孕育时机。只要是“高品质的母牛”就可以当小母牛的母亲，而“高品质”的基因可以遗传到小母牛身上。我们需要让纯种公牛的主人签署一份文件，说明配种的日期和孕育情况。我们要看看家里的母牛，跟父母谈一谈。我们想要的是奶牛，所以不要挑选肉牛型的母牛当母亲，如果有可能，也尽量不要让牛杂交。我们不应该让具有强大的黑白花牛血统的母牛和艾尔夏种的公牛交配，因为这样一来，牛只的血统就搞乱了。他的研究表明，我们这里是艾尔夏种的牛占主导地位，艾尔夏种的公牛只有两头，相距大约十英里，是农业部资助的。他说，这两头公牛“还没有发挥出最大的潜力”。我们把他的话抄在本子上，以备后用。

回家的路上，我盘算着家里所有的母牛，想着它们的血缘背景、交配时间，想着哪一头该在来年春天生牛犊了。我比计划提早一年在寻找合适当母亲的母牛。我脑子里锁定了一头名叫莫拉格的母牛，它体格庞大，一贯性情温顺。

莫拉格是白色的，有樱桃红色的斑纹，有一对艾尔夏牛的巨大犄角，优雅而修长。莫拉格能够达到所有“高品质”母牛的特点，它会在明年早春生下“普通的”牛犊，而莫拉格总是能又快又容易地怀孕。我的运气太好了。

回到家里，父亲正在厨房修理马具，我看出他的心情不好，但我实在是太激动了，便把新来的农业顾问和牛种改良协会的想法告诉他了。我太激动了，说得磕磕巴巴的。

“哦，”父亲听起来有点生气，“我听说过。这些农业代表都差不多，他们只会说啊说啊说，从来不干实事。他们总是在收割牧草的时候开着招摇的小汽车过来，希望你停下手里的活，和他们聊一聊。他们说的不过是些常识罢了，‘你早点种就会早点收’，‘土地要轮作’，‘用点石灰肥料’，‘雨量足、收成高’，‘感恩节时火鸡有市场’。谁会不知道这些？都是废话。”

“嗯，”我想我最好还是坚持一下，“只用一头母牛就好了，我想在莫拉格生了小牛之后，到五英里之外的麦克道格尔家里，他有一头农业协会的纯种公牛，夏天我们可以到那里配种。”

“我不干，”父亲说道，“我不会扯着绳子拉母牛去找那种公牛。十五年前我也养过农业协会的公牛，太麻烦了。

公牛占了谷仓里好大一块地方，总是要给它送吃的和水，它太危险了，不能放出去，公牛如果不锻炼，配种也配不好。人们总是在你最忙的时候牵着母牛过来，或是星期天早上七点钟，或是婚礼或葬礼的时候来。每次，你只要一打算离开家，肯定就有人牵着母牛来了，你就得回去，换了衣服，帮他们处理。公牛也习惯了，只听我的，别人都近不了身，我就总也出不了门。人们来的时候，要是我不在，他们又会抱怨，虽然他们并没有权利抱怨。”

父亲从地板上收拾起了马具，准备晚上的家务。我觉得我应该提醒他一下，我们所有的最好的牛只都是这头久已不见了的公牛的后裔，但是，现在好像不是争辩的时刻。父亲去了谷仓之后，母亲说道：“他今天不开心，不过，你也听到了，他没说不行。问他点实在的，然后你自己去干吧！他有点累了，你知道，如果他答应了，是不会反悔的。”

母亲说得没错。无论父亲的情绪如何波动，他的记忆力毫无问题，而且他一旦答应，是一定会做到的。回想起来，我们当时对未来也不确定，比如变化的天气、无常的季节、恼人的昆虫与低产的土壤等。但是，对于能确信的情况，我们也会紧握不放，好像疲惫的泳者抓着漂浮的木头一样。

谷仓里暗下来了。父亲在他熟悉的牲畜间略带疲惫地劳作，靠着牲畜身边，用肩膀顶开它们，好走到食槽边上，用只有自己才听得懂的话与牲畜交谈，用耙子把粪便从身下清扫出来，紧一紧身上的缰绳，把草料分发到它们够得到的距离。

“好吧，”我还没开口，父亲已经说话了，“我没说你不能做，我只是说我不干。如果你能付得出费用，你就可以用那头母牛。”

这倒也很公平。

为什么我们不愿用农业协会的公牛配种，一个原因就是费用问题。时间上的花费是另一个原因，那时候，卡车运输和人工授精还没有普及。公牛离得太远，去一趟太花费时间，不值得。配种很贵，而且花钱来让动物交配的做法，也让人觉得过分，就像是动物卖淫，很不自然，人们不愿意参与，更觉得不该为此付钱。另外，更精明和实际的考虑是，经过了若干年精挑细选的交配之后，绝大多数的牛只血统已经变好了，即便没有那么纯正，也不必再去苛求而浪费时间了。可能就是为了改变人们的这些观念，农业代表才会到我们这里，传播牛种改良协会的想法。

无论怎样，我完成了第一步的目标。莫拉格还没生下现在的牛犊，我便希望它能再次受孕。我把自己的名字报给了农业代表，还告诉我的同学们，我加入了。雪还没有融化，野鸭子还没有飞向北方，春天的第一批小羊或小猫也还没有生出来，但是，我不仅已经进入了春天，我连来年春天都计划好了。

莫拉格生下普通牛犊后，是漫长的等待。要让它在来年春天生下神奇牛犊，就必须在仲夏季节受孕。从母牛受孕到生产，要等九个月，"像人一样，"我们经常这么说，"只有牛会用一样的时间。"

春天过去，初夏到来，忙碌的时刻到了。学期快要结束，过去的几周里，我们上学也不规律，家里需要我们，过去一年学的东西已经交给过去了。即将到来的牧草季节需要大量的准备工作，修理机械、邮购零件、整修谷仓、打理菜园、食物装罐、制作奶酪和其他各种各样的活计。紧张忙碌的夏天就在眼前，我们没时间浪费。

与此同时，牲畜变得皮毛光滑，身材肥胖，虽然我们在为它们准备冬天的食物，它们却与我们保持着距离。七月的头几个星期，我们开始费力地晒干草，把草场上长势最旺处的牧草割下，用耙子翻开晒干，用干草叉叉上马车，运回谷仓，把草叉下车，再返回草场，来回往复地干一遍。马具可能会出问题，机械可能会停止工作，还要担心突如其来的暴雨。

七月十四日晚上，我把在海边牧场的奶牛带回谷仓，我注意到了莫拉格的迹象。它又到了可以生育的时刻，这不仅让它紧张焦躁，还影响到了其他的牛只。那天晚上，我注意到这一点，那时我已经什么也做不了了。当天晚上，广播上说第二天会有暴雨来袭。

“真糟糕，”父亲说，“我们的干草还在外边。”

我们刚刚收割了一片新地，割倒的草还没干透。第二天早上，我们五点就起床，紧张地忙碌起来，要和天气赛跑。早上给莫拉格挤奶的时候，它的迹象已经很明显了，可我父亲没有注意到。父亲顾不上奶牛这一块，他忙着套马，对人和牲畜下达着指令。云层堆积起来了，远远地浮在海面上。

“赶紧，”父亲走到谷仓里，我正在挤牛奶，“要下雨了，我们没有多少时间。”

“我觉得该把莫拉格留在谷仓里。”我赶紧说道，担心说晚了他听不到。

“为什么？”父亲问道，我看得出他心里着急，没有听出来我是什么意思。

“它发情了，”我说道，“昨晚开始的。”

有一下子，父亲眼中闪过一丝困惑，像没听懂我的话，但困惑一下变成了惊慌，父亲明白了我的意思。父亲像是困在了自己的记忆与承诺之中，在他最忙碌的一刻。

“但今天没有时间，”父亲急切地说道，“我们还有很多事要做，顾不上这头倒霉的牛。”

“好吧，”我说道，“我们就把它放在谷仓，看看会怎样，我没说要现在带它去。”

“好！”父亲答道，像是从早先随意的承诺中解脱了出来，“把其他的牛带到海边，我们得马上动起来。”

那天上午特别忙碌。我们用耙子耙开最干的牧草，然后跟着吱嘎作响的马车运回来。太阳时隐时现，但空气太潮湿了，草很难干透。有一阵子，乌云遮住了太阳，我们能看到远处海面上下了雨，还好，雨暂时没有下到陆地上。整个早上，我们拼命干活，手上的老茧旁又起了新的水泡。谷仓里，欲火中烧的莫拉格呻吟着。我们驾马车回到谷仓，听得到莫拉格的烦躁不安，为了自己被囚禁而无法满足的欲望。

我想给它提一桶水，帮它解解渴，我知道这不是它真正想要的，但我现在没时间帮它。有一两次，我像是听到了远处公牛的应答声，但也不能确定。谷仓里的莫拉格是安全的，虽然欲望无法满足，至少对我来说，它很安全。天气越来越糟，我们也越来越忙。

暴雨最终落下了，先是雷声轰鸣，接着是撕破天幕的一道闪电，雨水从铅黑色的云团中急速落下，地上的一切马上便湿透了。为保住马车上装了一半的干草，我们大声呼喊，从马匹湿透的背后挥起缰绳，拉车的马立刻奔跑起来，马车颠簸一路，终于回到安静的谷仓与安全的所在。只用五分钟便能看出来，今天的牧草收割可以结束了，我们必须等一等，雨停之后再从今天住手的地方重新开始。几天之后，草的质量就不好了，只能是次一等的了。

整个下午都在下雨，水流从窗户和屋墙上流下，冲向路面，在松软的地上刻出一条条不规则的细小沟渠，天地间似乎只有水在移动。大海平静了下来，劳作之后的我们静了下来，甚至莫拉格的欲望在雨水的抚慰与清洗之下，也平缓了。那天很晚之后，我才去了海边，把奶牛牵回谷仓。到了第二天早上，莫拉格饿坏了，但也没什么别的异样了。第二年四月中旬生下牛犊的希望，就这样失去了，不会再回来了。

接下来的两天都是阴天，时有阵雨，湿透了的草料逐渐变成了黑色。第三天下午，雨彻底停了。第四天，阳光闪耀，我们赶紧把因为下雨丢下的活计捡了起来。我们没有到原来的地方去割牧草，那里的牧草已经被割下，要么已经不行了。我只能把希望寄托在三个星期之后，想着即便明年五月中旬能有新牛犊，也还不错。

我的心早已经进入了八月，因为我在脑子里记下了莫拉格最早的发情期。我们还是忙着收割牧草，尽管许多块地上的草已经收割殆尽了。我们变得消瘦，脾气变差，身上也因为过去几个星期的忙碌，添了各种各样的小伤口与意外，比如被绳子拉掉了指甲，举重物引发了背疼，被草丛中隐藏的马蜂蜇伤而肿痛的下巴，大腿上碟子大小的淤青，马被苍蝇骚扰而误踢了人，等等。

八月的一天，我再次看到了莫拉格发情的迹象。那是一个早上，天气不错，白天也晴朗炎热。我们晾晒草料，不像一个月前那般狼狈。我跟父亲提到莫拉格的情况，父亲让我把莫拉格留在谷仓。到晚上，一天的活计差不多干完了，父亲说我可以带着莫拉格，踏上五英里的旅程。白天干活的时候，我就在盘算这次行程。说实话，随着时间推近，我心里有一些紧张，想着路上可能的曲曲弯弯、沟沟坎坎。我也知道，这么想实在有点古怪。谷仓里的莫拉格哞哞叫着，像是为今天的劳作配上了主题曲。远处似乎传来了应答声。

到了晚上，其他的奶牛都进了谷仓，我给莫拉格套上缰绳，缰绳绕过犄角，松松地套着。我准备出发了。

“别把手上的缰绳牵得太紧！”父亲说道，“它如果猛跑一下，会把你的肩膀拉脱臼。”父亲也快处理好晚上最后一批牧草了。

“好！”我答应道，往手中多放了一圈缰绳。

那五英里路是一条狭窄的泥土路，沿着曲折的海岸蜿蜒前行。这条路是最早的定居者在一七七〇年代开辟的。他们登上海岸，到达新土地，踩出了这条路。现在，这是一条隐秘的小路，很少汽车会走这里，路狭窄而危险，只有像我一样的人，才会步行或者骑马经过。有时候，也会有情侣、醉鬼或是其他不愿被人看到的人走过。这条路时而攀向悬崖，时而紧贴崖壁，路面有好几处坍塌，下面两百英尺处便是大海。

我们踏上行程，莫拉格走得很快，我得一路小跑才能跟得上它。我能感到它的头与肩膀的力量，沿着绳子一波波地传回来，犹如洋流一般。我心里发怵，万一它迈步跑起来，我肯定拉不住它。我没听父亲的劝告，把缰绳绑在了手腕上，心想即便它跑起来，至少它不会走丢。第一个一英里很快过去了，我们两个都气喘吁吁。我心里想，它也累了，这下会好管一些。

第一个一英里过去之后，小路变得陡峭起来，细碎的岩石在我们脚下翻滚。但是，莫拉格看起来还是很精神。

我觉得这样倒也不错，至少我们可以很快到达。

早些时候，我曾经想过，万一莫拉格站在路中间，倔强地一动不动，我也实在没办法。当然，实际情况不是这样，至少在头两英里的时候不是这样。爬过了陡峭的一段之后，小路蜿蜒上了一块高地，差不多有三百码长，接着是一连串回形针一般的弯路。小路会突然低落，突然冒出，突然拐弯，让人看不到前方到底是什么。到了第二个弯道中段，我们看到了一头公牛，或许是先听到了公牛的声音。它的喉咙里发出低低的闷响，它在往山下走，离我们越来越近。

在这个点上，小路开始从靠海的崖边向上伸展，不远处小路再次陡峭向上，到达新的高地。我看到在前方的高地上有一群牛，这头公牛便来自那里。公牛体重有一吨，胸膛巨大，全身雪白，但头颈处混有灰色，毛色深的地方接近蓝色。公牛低垂着脑袋，一路向我们奔来，口水像一串串念珠般从下颚处滴下来。公牛挺着巨大的黄色牛角，像一头高山绵羊一样，不停地向下、向外划着圆圈。从公牛的样子与跑姿上看，说不出它是什么种的，不过，无论如何它都不是《配种标准手册》里会记录的那一种。

现在公牛从小山上向我们急速奔来，山坡陡峭，给了它更大的惯性。公牛步伐很快，充满决心，喉咙里呼呼作响。但是，其实公牛并没有在跑。人们常说的公牛迫切地追着母牛跑的笑话，我们都知道，那可不是玩笑。山脚下的路边有一圈围栏，年代已经久远，柱子与栏杆均已锈蚀。我开始以为，以这头公牛的体重、速度与冲下坡的能量，它可能会跳过去。但是，公牛只是走了过去，整片的围栏，便倒伏在公牛的力量之下，犹如被铁犁划开的大地，又像是航船驶过的海面。公牛经过的一刻，损坏的栏杆还挂在身上，却对它的前行毫无影响。公牛阔步冲我们而来，迅速却不焦躁，似乎它对一切已经了如指掌，一切均在股掌之间了。

现在带着浪漫的想象回顾当时，我就像哥特小说中的卫士，正守护着一位浑身战栗的女性，免遭欲火焚身的男性的侵袭，而他为了满足欲望，会给她带来无法挽回的伤害。我也像一位“极为负责的父亲”，要让易受伤害的女儿远离并不适合她的男子，要让她远离“满脑子只想着那件事的男人”。

但是，在那晚泥泞乡间小路上，莫拉格却扭过头，迅疾地向公牛走去。莫拉格扬起的双角，在空中嘶嘶作响，缰绳缠在犄角上的我，也一下子被摔在地上，就像是它对我的存在与管束感到极度厌烦。莫拉格把我的身体几乎拖到了公牛的头边，我能看到公牛深黑雪亮的眼睛，灰蓝相间的面颊，盘根错节的牛角根部，还有嘴角一串串滴下的涎水。两头牛的口鼻相触，我闻得到温热浓烈的青草气息。有一刻，我觉得只要它们的犄角任意挥动一下，我就没命了。随着哞的一声，公牛绕到莫拉格的身后，前蹄离地，巨大的身体迎着海面落日站立起来。这一刻，莫拉格找到了解决问题的答案，而我的计划却要失败了。

“这是你想要的吗?”身边传来一个男人的声音。

“不是，”我有点抽噎，“不是的。”我还没看到声音是从哪里传来的。

“天哪!”他说道，一下子从马背上跳了下来。

他也是在回字形的弯道处，突然出现在我面前的。褪色的蓝色连身工作服里，鼓起了两瓶朗姆酒，让人一眼便知道，他是从村里来的，并不急着赶路，因为身边巨大的黑马，正悠闲地吃着路边的青草，一点也没出汗。他有七十多岁，是我祖父的堂兄弟，也是我的亲戚。他身材魁梧，生活曾经放荡不羁。我们这里身材魁梧的男人，往往就会这样，可能是因为他们太高大了，所以能够为所欲为，旁人都阻拦不住。时隔不久，他就死了，死在一个神秘的夜晚。他从私酒贩子家的二楼阳台上摔了下来，不知道是自己失足跌落，还是被人推了下来。人们发现时，他已经摔断了脖子，兜里的钱也没了，有人还割断了黑马和其他马匹的缰绳。之前的许多个夜晚，黑马总和其他几匹马拴在一起，等待着拉起有钢制车轮的马车，在夜色中疾驰回家。马掌踏在石块上，击出闪烁的火花，遭遇急弯的一刻，车轮会离地侧倾，此时的车轮下便是深不可测的黑色大海。住在小路边上的人家，常会被夜间呼啸而过的马车吵醒，他们凭借哒哒的马蹄声就能说出经过的到底是谁，就像今天的人能从汽车发动机的不同声音，辨识出车主一样。那一天晚上，人们听到了马蹄踏过的声音，但他们并不知道，那天晚上的马车并无人驾驭，几匹马只是在失控地狂奔。

几匹马跑回家中，全身冰霜，胸肩上筋肉颤抖，目光狂野浑浊。房子里的人赶忙出来，举着手电和灯，沿着马匹走过的路，一路找来，想着会在路边的水坑中，或是悬崖下的海边巨石旁，找到他的尸体，或者干脆看到他四仰八叉地摔在路中间。一夜过去了，人们没找到他。直到第二天早上，有人带来了确认后的坏消息。人们这才看到，缰绳是被割断的，人们很疑惑，怎么刚开始时没有注意到这一点。

这是后话了。在狭窄的山间小路上，我遭遇公牛的一刻，还不知道彼此的未来会是怎样。那时，一切正真实地发生着。

记忆中，他速度很快，却又不慌不忙，可能是因为他的腿很长，一步可以迈得很大，所以不需要跑。他弯下身，右手从路旁捞起一块大石头，石头和保龄球大小相仿，但在他巨大的手中，却觉不出分量来。他走到后腿直立、刺向前方的公牛身后，举起左手，抓住了公牛野山羊一般的牛角，流畅得犹如扣篮一般，将巨石砸向公牛圆睁饥渴的双眼之间。石头击中公牛头盖骨的声音，如同屠宰日的声音一般。公牛踉跄几步，膝盖一软，倒下了。欲望浸透的双眼开始浑浊，向上翻起，两条细细的涎水，因为反刍的青草而变成绿色，从鼻孔流出，又流进了它半开的嘴里。公牛沾满粘液的阴茎，渐渐瘫软了下来。公牛交配的日子，或是即将成功的交配，就此完结。

“它搞进去了吗?”他用工作服擦擦手，掏出了朗姆酒瓶。

“我不知道,”我答道,“我看不清楚。”

“它可能搞进去了,”他说道,“谁也说不好。你在这里干什么?你不想要命了?”

我结结巴巴地把自己此行的目的告诉了他。

“嗯,”他说道,“你还是接着去吧!如果你愿意，我可以陪你走一段。来，跳上马来!”

还是那只举起过石头的手，一下子便把我提到了马背后面，给我递来了缰绳。他牵起莫拉格的绳子，莫拉格立刻就跟他迈开了步子。我骑马，跟在最后面。我回头看了公牛一眼，它依然半跪半躺在刚才被打倒的地方，牛头歪向了一边。

我们走完了这段急转弯，又走了差不多一英里，他停下脚步，把莫拉格交给了我。我从马上下来，交出缰绳，换回牵牛的绳子。

“你应该没事了,”他说道,“回去的时候你该换条路走。”

他从朗姆酒瓶中喝了一大口，跳上马背，转过身，向他原本的方向出发了。

我和莫拉格继续向前走，只是比刚出发时要平静许多，缓慢许多。走到麦克道格尔家院子门口的车道处，太阳几乎已经完全落山了，他们正忙着在天黑前，把最后的牧草收进谷仓。麦克道格尔先生站在车顶，整理别人叉上来的牧草，他看到我，并没有多么开心。

“耶稣，我的基督！又是头该死的母牛！”一边说，他一边用叉子狠狠插了下脚下的牧草。我想起了父亲早先说过的话。

不过，他还是从牧草车上下来了，他的一个儿子爬上去接替了他。去谷仓的路上，我对他说了路上发生的事情。

“它搞进去了吗？”他问道。

“我不知道，”我答道，“我看不清楚。”

“它可能没搞进去，”他说道，“要是一切像你说得那么快，也许它还没有够着它，有时候是要花点工夫的。不管怎样，我们等着瞧吧。”

我站在暮色中的院子里，牵着莫拉格的绳子，等着桃红色与白色交错的纯正血统的公牛。公牛哞哞走来，鼻子上穿着一根长长的木制鼻环。配种异常轻松，也算彻底。

“嗯，这个肯定好了，”麦克道格尔先生有点得意，“毫无问题，肯定会一切正常。”

公牛回到谷仓，我给麦克道格尔先生付了钱，他从屋里拿来一张从练习簿上撕下的纸。他在纸上写了日期、莫拉格的主人，还有配种业已完成的情况。渐暗的暮色中，他眯起眼睛，握着黄色铅笔的手显得粗大而笨拙。公牛汗水的刺鼻味道依然在他的手上，依然在他的身上。

回去时，我们选了一条人们常走的路。天色全部暗了下来，我担心我们会被过往的车辆撞上。还好，路上几乎没有什么车，我们的脚步也轻松了不少。尽管距离更长，回家的路程好像比来时还短了不少，回家的路程总是这样。回到自己家院子里的时候，天色已经完全黑了下来，父亲在谷仓，像在等我们。

“怎么样？”父亲问道。

我把路上的遭遇又讲了一遍。

“你觉得它搞进去了吗？”父亲问道。

“我不知道。”我答道。

我筋疲力尽，站不住了。父亲接过莫拉格的绳子，牵牛进了谷仓。我回到屋里，没吃晚饭就睡下了，手和手腕上是牵牛绳留下的红色印记，肿痛难当。

接下来的几个星期，我一直在脑海里重放当天发生的一切。我有点希望莫拉格不要怀孕，这样还可以从头来过。但我也知道，如果莫拉格真的没有怀孕，最好的时机也已经错过了，九月份交配的母牛，至多会在第二年夏天产下牛犊，而不会在春天。这对于牛种改良协会来说，也太晚了。九月的日期临近，我焦急地看着莫拉格，但毫无迹象。莫拉格躺在海边的草地上，心满意足地嚼着青草，缓缓地走到谷仓，等着挤奶。看起来，莫拉格对一切都毫不在意。

进入九月，我们又迎来了新一轮的忙乱，需要收割谷物，还要为挖土豆做准备。学校开学了，我上了八年级。秋天有各种各样的集市和展览，那位农业代表也经常能看到。秋日的阳光下，第一车小羊咩咩叫着被卡车拉走了。菜园里的藤蔓和卷须变成了黄褐色，接着，又会变成深棕色。

十月到了，大规模的屠戮与售卖开始了，莫拉格依然平静如常。到了万圣节，第一场雪飘了下来，莫拉格和其他牲畜一道进到牲畜棚中，开始了冬天的禁闭期。

整个冬天，我焦躁不安地看着莫拉格，就像一位期待孩子出生的年轻父亲。莫拉格体形变大了，我给它找了一个单独的畜栏，空间可以大一些。有时候，我会双手环抱莫拉格膨大的腰间，希望能够感受到生命的迹象。等我第一次有所感觉的时候，冬天最冷的日子已经过去了，已经到了狂风肆虐的三月。在脑海中，我不停地牵着小牛，小牛不停地摆着各种优雅的姿态，一切更加真实了。

那一年，春天来得早一些，夜晚寒冷依旧，我们白天修整篱笆，更换冬天里破损的水闸，太阳照在背上，已经是暖融融的了。到了五月一日，白天里牛只已经忙着在草地上寻找最早露头的青草了。五月的第一个星期，更老、更成熟的牲畜会在夜晚回到相对温暖的牲畜棚中，但年轻的动物宁愿为了自由，睡在了外面。我自己也在犹豫，莫拉格到底是该在牲畜棚中生产，还是在外面。牲畜棚里更温暖，但空间狭小，也有可能感染疾病，牲畜棚外更卫生，但也更冷。莫拉格的体形变得非常庞大，躺下时像要摔倒，之后又要挣扎一番，才能站起身来。

五月十日下午晚些时候，我走到海边去赶奶牛，牛群中没有莫拉格，我知道无论我怎么拿不定主意，它的时间已经到了。我找了半个小时，我知道莫拉格不会在海边生产，因为此时的海水里依然点缀着浮冰，依然有阵阵寒风。接着，我仔细查看了海边林木密布的小山谷，还有一丛一丛的云杉林。后来，我看到了莫拉格在潮湿地面上留下的沉重足印，足印里几乎都已经灌满了水，说明莫拉格已经走过去一段时间了。我跟着足迹，穿过一条从沼泽处流出的小溪，又绕过沼泽，登上了一处陡坡。最后，我来到了一处云杉与冷杉环抱的林地。

林地中的树木交错繁杂，我分开树枝，踩着地上厚厚的一层松针，跟着脚印一路向前。突然，我来到了一小片开阔的所在，像一间房屋一样，四周是一圈荆棘丛，只是还没有发芽，还有几株老树已经被冬天的狂风连根拔起，倒在旁边，犹如一道道屏障。只有我们刚才进来的那条小径能够出去。我走近的时候，莫拉格正侧身躺着，它的产门已经扩张，体液也不断流出。我进去的时候，莫拉格挣扎着想站起来，冲我摆动着头上的双角。有一下子，我觉得它可能会冲过来，甚至还没出生的小牛也会冲过来，好在莫拉格很快就平静下来了，踱了几圈，准备好之后，它又重新躺倒在了刚才的地下。

正如所有的生产一样，一旦开始，便显得尤其迅速。若干个月的等待之后，生产似乎根本没费什么时间。

小牛的肩膀厚实，胸膛宽阔，它浑身雪白，只是在头颈处有一圈灰色的毛，有时看上去像是蓝色的。看不出小牛的血统如何，但无论如何，都不是《配种标准手册》里会记录的那一种。莫拉格站起身，转过头来舔小牛鼻孔里的粘液，用鼻子推推小牛，想让它站起来。小牛费力地想站起来，身上还依然挂着胎盘与半透明的液体，闪闪发光。

小牛跌倒了，爬起来，跌倒了，爬起来，颤颤巍巍，终于能控制住几条腿了。莫拉格也用鼻子轻柔坚定地推着小牛，给它喂起了第一口奶。它们能彼此相遇，显然都很开心，至于旁边满心失落的我，显然与它们毫无关系。

牛种改良协会的想法便终止于五月十日，终止于此间小小的林屋之中。此时，我的八年级课程还没有完结。

那年夏天我好像没有必要和以往一样努力地干活，或许是天气还不错，或许是我年纪又大了一些，或许是父母亲干得更多，我却不知道，或许是这些因素的总和。总之，那年夏天我有了更多的自由时间，我也无可救药地爱上了打棒球。

我们会在晚上和周末下午打球，还会到远些的地方去打。我发现我可以很轻松、很自然地打到球，但我最喜欢的还是当防守方。我喜欢当三垒手和游击手，我给队员们分配区域和职责。

我会异常渴望地等待着反弹球、直飞球和地滚球。我会希望每个球都冲我过来，我也不记得自己曾经错失过哪一个球。我会前冲、腾跃、俯身、旋转、跳起，期待着下一个球还是我的。在球场上那块小小的区域里，一切尽在我的掌控之中。